L'ermite de Saint-Racho tombe le masque

*L'histoire de Méline Lepré***

Du même auteur :

Romans :

Je hais ma bonne étoile, Éditions Beaurepaire

Un mot sur le pare-brise, Éditions Beaurepaire

La garde-robe de Marie, Éditions Maïa

Rousse Julie, Éditions Héraclite

C'est vrai papi que t'es presque vieux ?, Éditions Héraclite

Poésies, Recueils aux Éditions Édilivre :

Le parfum du lilas

Poème à une ombre

Le temps n'épargne pas même la rose

Brin de causette avec la vie

À l'infini, vis le rêve que tu préfères

Confidences à ma petite voix

Rolland Abonnel

L'ermite de Saint-Racho tombe le masque

*L'histoire de Méline Lepré***

Roman

Éditions Héraclite

*

Cette œuvre est une fiction. Dans le cadre géographique et naturel qui a servi de décor à l'intrigue du roman, toute ressemblance ou analogie avec des histoires similaires ou des faits approchants, avec des personnages existants ou ayant existé, ne serait que fortuite, involontaire, relevant de la pure coïncidence.

*

137, impasse du four à bois 69460 Le Perréon

editions.heraclite@gmail.com

ISBN : 978-2900311-95-0

Pour toi, cher papi : mon mentor à jamais[1].

Parce que le temps semble venu de ne rien travestir, et à défaut de te les avoir dits, voici en mots sincères, en émotion, en reconnaissance et affection à fleur de cœur, mes hommages, mes confidences, et la suite de mon histoire.

De toute mon âme, de toute ma tendresse, simplement merci.

Méline ta petite Chérie.

---

[1] Voir C'est vrai papi que t'es presque vieux, Éditions Héraclite.

PREMIÈRE PARTIE

L'improbable rencontre

En écho, des mots qui transcrivent de page en page : frousses ancestrales, colères et pleurs sur le temps qui passe. Des mots à extraire du tréfonds de notre être pour les apprivoiser, les domestiquer, les dominer

I

Née sous une bonne étoile

« Il faut toujours viser la lune, car même en cas d'échec, on atterrit dans les étoiles. »

Oscar Wilde

1

Je suis née sous X, au bon vouloir du destin et de la Providence, au pire de la honte, du déni de l'amour et de la turpitude humaine.

Née d'une femme qui, tel un fantôme pathétique, se cache je ne sais où, et, sans que personne, sous couvert de la loi et du secret professionnel, ne consente à m'apporter la moindre information sur elle ni une amorce d'explication, ne serait-ce que par simple charité humaine, sur les circonstances de ma naissance.

J'aurai bientôt vingt-quatre ans, et je vis avec dans ma tête cette interrogation effroyable, accusatrice, répétitive, qui a commencé à me contaminer à l'annonce de mon statut d'enfant née de X.

Cette lettre consonne qui matérialise cette femme sans la moindre particule de fibre maternelle, avec probablement dans le cœur un sentiment incontrôlable de rancœur, d'humiliation et de rejet à donner la chair de poule ; pourquoi m'a-t-elle enfantée ? Depuis, ce questionnement me tyrannise et me culpabilise dans les jours de doute.

Quelle tare indélébile de venir au monde sans patronyme ni le regard attendri d'une jeune maman fière du don de la vie qu'elle vient de faire à l'enfant qu'elle a porté neuf mois en elle, et qu'elle renie sans remords dès son premier souffle en l'abandonnant

– comme un paquet encombrant de matière vivante irriguée par son sang –, entre les mains d'une sage-femme !

Mais, hommage à *Celle*, auxiliaire acharnée de la vie, qui, en blouse médicale blanche maculée de la honte de ma naissance, douloureusement silencieuse, révoltée, dans l'incompréhension de cet acte lâche, me cajola dans cette maternité orléanaise : moi, tout petit bout de femme, innocente victime criant ma première peur du monde.

Pourtant, malgré ma naissance nauséeuse, avec comme une ombre ce voile permanent personnifiant cette femme indigne, invisible – ma mère –, qui a obscurci mon horizon, et en dépit de cette étiquette peu enviable d'enfant abandonnée, à l'âge où mûrit la compréhension des choses de l'existence, j'ai acquis la certitude que je suis née sous une sacrée bonne étoile.

Dotée d'une nature optimiste privilégiant la version du verre à moitié plein avec l'espérance pour guide fidèle et l'envie gourmande qu'il se remplisse à doses régulières des choses agréables du temps présent ; avec en tête ce credo qui me rassure dans les moments de vague à l'âme, « *demain tout ira de mieux en mieux car belle est la Vie* », je crois dur comme fer qu'un astre bienveillant veille sur ma destinée. Je pense même qu'il m'accompagne et me protège.

À l'évidence, soutenue par une famille adoptive formidable, avec laquelle j'étais en osmose, qui a su combler le vide biologique par un amour sans faille, et m'a transmis sa véritable confiance en la vie, les événements récents survenus dans le cours de mon existence renforcent cette intuition et confortent ma perception optimiste des choses du soi-disant destin.

Même si, lucide, je sais qu'échecs inattendus et surprises désagréables nous attendent parfois au coin de la rue, et que le cimetière est à plus ou moins longue échéance la destination finale pour l'être humain, à quoi servirait d'exprimer un esprit chagrin ?

Et puis, je suis à l'âge où cette préoccupation métaphysique reste au stade de l'idée philosophique, et je grandis chaque jour dans la décennie des projets, de la création, de la foi dans mon avenir et de ses fondations à bâtir. Alors, je préfère cette optique du destin, plutôt que de me morfondre dans une vision négative et d'hostilité envers un ennemi invisible, impitoyable : telle l'idée de la fatalité dont le seul but serait de nous faire douter de notre chance et du cadeau si mystérieux de la Providence – celui de la Vie.

Paradoxalement, cette pensée positive a pris du sens quelques jours après que maman – ma mère adoptive – m'a avoué le secret de ma naissance.

Si dans les premiers temps un sentiment de rancœur et d'antagonisme à son encontre m'étreignit pour son aveu tardif sur mon identité et ma filiation, car je considérais qu'en libérant ainsi sa conscience d'un fardeau mental sans doute de plus en plus lourd à assumer, elle abîmait à tout jamais ma confiance dans le paraître d'une famille avec les vertus vantées de stabilité, de vérité intergénérationnelle. Un peu plus tard, l'analyse objective de mon passé, depuis mon adoption à l'âge de six mois jusqu'à cette annonce ahurissante de gamine née de X, conforta cette conviction : *j'étais née sous une bonne étoile.*

Il faudrait vraiment posséder un esprit de contradiction très développé ou une mauvaise foi sans limites pour me prouver le contraire.

Et j'en obtins la confirmation il y a dix-huit mois environ, quand, à la suite des encouragements de mes proches, je décidai de publier mon premier roman, avec ce titre énigmatique, qui me sembla plutôt marrant, un peu provocateur et accrocheur : *« C'est vrai papi que t'es presque vieux ? »*

Employée par un éditeur orléanais, dont la maison d'édition connaît un essor prometteur, je lui ai naturellement demandé son avis de professionnel – bien entendu sans complaisance de sa part – sur les qualités intrinsèques de mon manuscrit, mais surtout sur les défauts propres à une auteure débutante. Au-delà de quelques remarques sur la forme, notamment quant à la lourdeur de certaines scènes trop descriptives présentant le risque d'être lassantes pour le lecteur, il trouva mon travail d'écriture de bonne facture tant au niveau de l'originalité de l'intrigue que de la manière de la traiter : « …très sincèrement, il mérite d'être édité », me dit-il entre autres.

Soulagée par sa réponse, je savais qu'il ne le produirait pas. Le sujet étant trop éloigné de la ligne éditoriale de sa *maison* qui évolue sur le créneau des romances historiques et des récits d'histoires surnaturelles de toutes les époques, ayant pour origine le Val de Loire. Cependant, joignant le conseil désintéressé à l'avis favorable qu'il m'adressa, il m'invita à contacter de sa part un de ses confrères qu'il a en estime, établi à proximité de Dijon.

En dehors des atouts propres à mon style d'écriture, le fait que l'intrigue se déroule en partie en terres bourguignonnes intéresserait d'après lui cet éditeur, à la recherche de jeunes auteurs ayant des attaches avec cette région et qui la situent en toile de fond dans leur ouvrage, m'indiqua-t-il.

Son conseil fut pertinent. Dix mois plus tard, mon roman fut publié. Je connus la joie intense, empreinte d'un brin de fierté, de posséder entre mes mains fébriles ce bout de *moi* intime imprimé sur papier, dont l'écriture alliant le réel à l'imaginaire, comme une thérapie, me permit chapitre après chapitre de domestiquer mes peurs, puis de les vaincre pour la plupart.

En famille nous fêtâmes l'événement chez papi André et son épouse Annabelle – personnages essentiels dans l'intrigue de mon livre – dans leur appartement de Fourvière, devenu après leur départ de Catalogne pour les études de leurs fis Ludovic, leur résidence principale.

Sans morosité, un flash-back bienvenu et de circonstance me rappelle le propos de ce très cher aïeul – un enfant orphelin de la guerre, adopté en tant que pupille de la Nation par d'honnêtes et courageux citoyens.

Il le prononça deux ans auparavant à Brindas, sous un soleil éblouissant, au pied des Monts du Lyonnais, lors d'émouvantes retrouvailles de notre clan fêtant la fin de sa cavale, avec en point d'orgue son aberrante et longue absence de dix-sept ans et sa mort supposée, que j'ai relatée en fil rouge dans mon premier roman :

« … j'ai souvent ressenti, et de plus en plus avec la menace du grand âge se présentant, un embarras, à la limite de la honte, provoqué par mon ignoble passivité vis-à-vis du vécu de mes premiers parents et de leur souvenir. Jamais, je n'ai effectué de recherches sur eux, sur leur vie jusqu'à leur mort dans le bombardement et les décombres de l'usine de salaisons à Gerland. Aujourd'hui, je trouve ce désintérêt révoltant. Mais il n'est pas trop tard, et de toi à moi, j'ai envie d'honorer enfin leur mémoire[2]. »

En conscience, moi aussi, j'éprouve aujourd'hui cette envie viscérale de retrouver mes origines biologiques et ce besoin de vérité sur mes racines.

Mais, à dire vrai, cette idée qui trotte depuis quelques mois dans ma tête de retrouver la femme qui m'a enfantée, ne se manifesta dans les premiers temps que de manière fugace, à l'occasion de certaines

[2] Voir *C'est vrai papi que t'es presque vieux*, Éditions Héraclite

rencontres, de réflexions anodines de mes proches, de lectures ou de reportages télévisés.

Par la suite, mon entrée dans la vie active, l'emménagement dans un douillet cocon avec Jérôme, mon tendre chéri aux pensées imprégnées d'un romantisme parfois en décalage avec ce monde ingrat, brutal, si matérialiste, mais qui, finalement, en contre balançant ma fougue naturelle m'apaisent, et enfin, ma résolution déterminée, à la limite de l'exaltation, d'écrire coûte que coûte en me disant « *aux grands maux les grands remèdes* » dissipèrent ce besoin de renouer avec mon passé d'enfant née sous X.

Mais sournoisement, ce manque sur mes origines réapparut dans mon histoire de femme.

Bien que je considère le rôle des parents qui élèvent un enfant plus capital que celui des géniteurs, ce manque insidieux devint de plus en plus lancinant, quand dans l'écriture de mon récit précédent j'abordai et développai l'épisode des origines de papi et son statut d'enfant adopté.

Depuis, quelque part dans mon être, lors d'événements familiaux ou en me projetant dans le futur, je ressens comme un désordre en moi, un espace inoccupé qu'il faut que je comble. Souvent, j'ai la sensation d'une fissure inexorable sous mes pas. Sans doute que le manque d'amour que je connus à ma naissance me revient en forme de boomerang lors de certaines occasions, et en me faisant si mal.

Bien que je connaisse ce principe de vie : « on s'adapte à tout », si souvent exprimé avec un brin de cynisme dans le quotidien – néanmoins pour ma part sans vraiment l'adopter car je sais ma capacité d'adaptation limitée –, et malgré ma nature optimiste, devant la feuille blanche de ce deuxième roman, et, à l'avant-veille de mon premier salon du livre, qu'il me paraît difficile d'expliquer clairement ce sentiment prégnant de disette sur mon passé ; de traduire ce profond ressentiment d'inconnu sur l'homme et la femme qui m'ont engendrée, qui fréquemment monte en moi à l'improviste ; de calmer mes états d'âme nocturnes d'où surgit une palpable émotion, celle-ci étant loin d'être une quelconque réaction épidermique.

2

J'ai quitté le temps d'un week-end les bords de la Loire pour ceux de la Saône, et en ce premier dimanche du mois de juin, je suis à Mâcon avec mon compagnon pour participer au Salon du livre que cette ville organise avec persévérance et succès chaque année.

Nous sommes arrivés hier en début d'après-midi, un de ses oncles paternels nous héberge pour ce court séjour bourguignon. Il y a une dizaine d'années, au gré d'une mutation professionnelle, il s'est installé avec sa famille dans cette région de la Bourgogne du Sud. Ils vivent à proximité d'un pittoresque village de vignerons, aux maisons typiques de ce terroir : blanchâtres en pierres de tuffeau, avec galerie mâconnaise et large auvent ; ce village est un emblématique lieu de mémoire et d'histoire en plein cœur de la vigne.

De la terrasse de leur maison, située face au Sud, on aperçoit la fameuse et célèbre Roche de Solutré – classée Grand Site de France. Notre installation effectuée, après une collation et un bref repos, nous avons cédé à la tentation de la gravir avec l'oncle et la tante.

Au sommet de la Roche, j'ai les cheveux au vent, le souffle court ; la vue à 360° est splendide avec en face les collines boisées de Fuissé, en dessous le cœur du village de Solutré. Sur les coteaux calcaires, le vignoble de renom vibre et s'accroche. Dans les rangs on aperçoit la silhouette courbée de quelques ouvriers à la taille.

Nos narines citadines humèrent et s'enflèrent de l'air bourguignon imprégné de la vapeur des vins, essentiellement des blancs aux appellations fabuleuses. Mais c'est la beauté grandiose du site, son histoire, ses légendes et les anecdotes *politico-médiatiques* racontées par le *tonton* de Jérôme qui surtout nous ont enivrés.

— En dehors de Monsieur Mitterrand et de sa clique, avec comme dans un cirque leur rituelle ascension de la Roche chaque week-end de Pentecôte, c'est avant tout Lamartine, dont vous avez certainement analysé l'œuvre au cours de vos études littéraires, qui assure la renommée de l'endroit. En repartant, nous allons suivre la route touristique baptisée le *Val lamartinien* et si nous en avons le temps nous nous arrêterons au château de Saint-Point où il repose dans le caveau familial, nous informa-t-il.

— En effet, avec Méline, nous l'avons étudié à la fac de Lettres, mais si on parle de l'écrivain et du célèbre poète qu'il fut on évoque plus rarement sa carrière politique, et personnellement, j'ai beaucoup de respect pour son engagement courageux et risqué, notamment sa lutte pour l'abolition de l'esclavage, affirma Jérôme.

J'ai confirmé ce jugement. Si dans la littérature française il est devenu une grande figure du romantisme et du lyrisme, il me semble en effet qu'on évoque rarement le rôle important qu'il joua au moment de la Révolution de 1848 qui chassa le roi et proclama notre Deuxième République.

Puis, sans doute inspiré par la divine grandeur du lieu, qui, comme par magie, enflamma son imaginaire, Jérôme, les deux mains croisées derrière sa nuque, regardant fixement l'horizon, prononça à haute voix cette réflexion :

— Dans ce courant d'air vivifiant, du haut de cette Roche, quel sentiment de liberté et quelle tentation de vouloir s'envoler la tête la première ! Et dire qu'à quelques battements d'ailes d'ici, là-bas en gare de Mâcon, sur son quai où les destins se croisent, des dizaines de touristes regagnent Paris en regrettant déjà le Val lamartinien et ses rêves ; et peut-être qu'en larmoyante ironie, certains partent pour retrouver l'essaim bruyant de la rue Lamartine avec la pollution, la circulation incessante et la foule indifférente.

— J'ignorais, mon cher neveu, que tu étais un poète et un militant pour la défense de la nature et aux multiples bienfaits qu'elle procure à l'espèce humaine. Notre mère nourricière, il est vrai, trop souvent sacrifiée sur l'autel de nos plaisirs, du superflu et de nos égoïsmes. Tu devrais toi aussi te mettre à l'écriture.

Évidemment, il y aurait eu tant à dire sur ce sujet crucial concernant le sort de notre planète, de plus en plus d'actualité, avec heureusement une prise de conscience salutaire grâce entre autres aux réseaux sociaux ! Mais ce n'était ni l'endroit pour gémir ni le moment d'alimenter la méditation mélancolique de mon chéri, alors, avec un hochement significatif de la tête et un regard admiratif, l'oncle lui sourit affectueusement et face au vent nous proposa de redescendre de la Roche de Solutré.

Il n'empêche, je crois comme Jérôme, et en définitive c'est ce qui nous a rapprochés, que dans ce monde de brutes, à la dérive incessante, la poésie offre une armure efficace. Elle permet à la pensée de s'émanciper des peurs de la vie, de combattre pacifiquement les idées infâmes qui infectent l'Humanité.

La poésie comme l'air, la matière, le rêve, l'amitié ou l'amour n'est-elle pas elle aussi nécessaire pour vivre ?

Mon éditeur, présent chaque année à cet événement littéraire mâconnais, m'avait proposé d'y participer. Il m'assura que pour une première expérience, ce salon du livre réputé dans la région de la Bourgogne du Sud qui attire un public fidèle et bon enfant ne devrait pas me décevoir, tant par son ambiance très conviviale que par l'intérêt porté par les visiteurs aux auteurs pour la plupart régionaux et à leurs ouvrages.

Ce dimanche matin, en m'installant sur le stand que j'avais réservé, malgré l'accueil cordial des organisateurs, je ressens une anxiété insistante, identique à celle qui m'étreignait lors de chaque rentrée universitaire.

Dans ce gymnase, à proximité du centre-ville de Mâcon, aménagé pour la circonstance, j'ai une sensation d'aventure et de débarquer en terre inconnue. Je dois m'adapter à un milieu aux codes de fonctionnement, aux habitudes qui m'échappent. Avec humilité, je sens qu'il faut que je force ma nature pour tenter de m'imposer et me faire adopter par cette communauté d'auteurs expérimentés qui se côtoient plusieurs fois dans la saison, au talent reconnu, et pour certains aux nombreux lecteurs assidus.

Néanmoins, la présence visible de ma maison d'édition positionnée dans la rangée face à la mienne me rassure. Son représentant vient me saluer, il répond à ma fébrilité par quelques conseils et mots d'encouragement, il a la certitude que :

« … *tout se passera bien, Méline, si nous revenons chaque année, c'est que ce salon est de qualité, avec un public averti et friand de lecture* », prétend-il. Puis avant l'ouverture des portes, il me propose d'aller prendre un café au bar. Très avenant, c'est l'occasion pour lui de me présenter ses connaissances amicales ou professionnelles.

Indiscutablement, je suis la benjamine des participants, mais cette constatation ne m'impressionne pas, au contraire, sans arrogance ni envie de parader cela me stimule et m'apporte de l'entrain. J'éprouve un véritable plaisir à parler de mon roman aux badauds qui s'arrêtent à mon stand. Il faut dire qu'ils sont interpellés par la couverture plutôt originale et accrocheuse de mon livre. Elle attire par le titre qui peut paraître loufoque ou rigolo : « *C'est vrai papi que t'es presque vieux* ? », mais auquel s'opposent sur la première page de couverture la modernité et l'élégance architecturale du pont de l'Europe enjambant les rives de la Loire à Orléans.

Ce dualisme entre le caractère cocasse et rétro du titre et l'illustration symbolisant le siècle présent, synthétise parfaitement les deux aspects de l'histoire et son intrigue. En outre, il semble exprimer un message subliminal qui incite nombre de flâneurs à s'arrêter, puis à feuilleter d'un geste instinctif l'ouvrage en évidence sur un présentoir.

L'affluence dans les allées du salon me paraît significative ; elle ne fait que croître au fil des quarts d'heure, confirmant ainsi l'estimable notoriété de cette manifestation littéraire.

Dans le déroulé de mes rencontres sur le stand et de mes discussions avec d'éventuels « lecteurs clients », dans le brouhaha et le mouvement inhérents à ce type d'animation, je réalise la difficulté et le challenge à résumer en quelques phrases un livre de deux cent cinquante pages dans lequel existe un réel suspense. Et quels efforts de concentration, de self-control sont nécessaires pour trouver la formule magique, les mots justes, les arguments convaincants qui éveilleront l'intérêt du visiteur, tout en restant sur la réserve afin de ne pas trop en dire, mais juste assez !

Il va sans dire qu'une telle épreuve réclame une solide expérience ou à défaut la possession du don inné de la parole invincible, hélas absent dans mon ADN. Un manque qui dans ma jeune vie contribua à alimenter mes peurs d'enfant née de X, et plus tard mes complexes d'adolescence, que l'écriture et un blog littéraire calmèrent finalement, comme par enchantement.

Au premier exemplaire vendu, euphorique, un entrain inhabituel anime tout mon être. Debout derrière la table de mon stand, avec l'air de l'auteure déterminée et le sourire gracieux se voulant attirant, mais avec au fond de moi beaucoup de doutes, j'éprouve une envie d'inviter chaque visiteur qui passe devant moi à s'arrêter pour que je lui propose mon ouvrage :

« *N'avancez plus ! N'avancez plus ! Cette histoire vous plaira, j'en suis certaine !* ».

Mon roman dans une main, j'oublie ma tendance naturelle à l'introversion, je voudrais les convaincre de toute ma bonne foi et ma naïveté de l'intérêt de l'intrigue et du plaisir qu'ils auront à le lire.

En fin de matinée, malgré mon ignorance de ce type de manifestation, je suis satisfaite de mes contacts inopinés – inopportuns pour certains –, mais pour la plupart pertinents ou bienveillants pour le travail que représentent la rédaction et l'édition d'un bouquin, quel que soit le sujet traité. Les quelques ventes réalisées m'ont donné un brin d'assurance et à chaque concrétisation, mon éditeur en face de moi, le pouce levé, me félicite avec un clin d'œil appuyé.

Je m'apprête à rejoindre le lieu du déjeuner prévu pour les auteurs, quand un homme, au regard perçant et au visage creusé d'une ride profonde sur chaque joue, s'arrête devant mon emplacement, en me disant d'une voix posée, neutre, sans l'accent caractéristique des gens du cru :

— Je suis passé tout à l'heure devant vous, votre livre m'a accroché, mais vous étiez en discussion avec un couple. Avant de quitter le salon, je voulais vous rencontrer pour parler de votre roman, car le résumé que j'ai lu en dernière page m'interpelle. Si j'ai bien compris, au travers de votre livre vous narrez de manière originale l'histoire d'un roman inachevé, dont l'intrigue a largement inspiré le vôtre, en alternant subtilement dans votre récit l'imaginaire et la réalité et en mettant en relief les nombreuses affres vécues par vous et votre famille. Mais au-delà de votre livre, je suis frappé par certaines expressions de votre visage, elles me rappellent une femme que j'ai rencontrée il y a déjà longtemps, dans une vie antérieure ; cette ressemblance n'est sans doute qu'une coïncidence, mais elle m'a bouleversé.

— Je suis orléanaise, et je crois que mon ascendance est originaire du Val de Loire, aucun membre de ma famille ne vit dans la région de Bourgogne, mais avec la fatalité qui guide notre destinée, tout est possible, et les sosies ne sont pas qu'une légende. Sur ma page Internet, à mon nom : Méline Lepré, avec les informations qui y figurent vous pourrez mieux me connaître. Et si vous lisez mon roman, vous constaterez qu'il comporte un passage autobiographique, dans lequel j'évoque mes origines, cela pourrait répondre à votre interrogation.

— Vous avez raison. Votre argument m'a convaincu, alors ne m'en dites pas plus, gardons le mystère de la lecture, je prends votre livre.

— Quant à votre commentaire sur l'histoire de mon roman, je vous confirme que vous avez très bien saisi la conception et le cheminement de mon récit. Au travers de l'histoire de mon grand-père c'est un mélange de réel et de rêverie ; mais où passe la frontière entre le rêve et la réalité[3]?

— Alors je prends votre carte de visite. Parfois, quand un livre m'a vraiment plu, j'envoie un message argumenté à l'écrivain pour modestement lui faire part de mon sentiment et des émotions ressenties. Ne soyez donc pas surprise si vous recevez dans les prochains jours un mail de ma part.

« *Avec son apparence de citoyen insignifiant et une attitude empruntée, mais avec une expression orale de niveau supérieur, quel drôle de bonhomme ! Et pourquoi a-t-il sourcillé de surprise, fronçant instinctivement le front en me regardant fixement pendant plusieurs secondes lorsque j'ai évoqué mon passé orléanais* ? », m'interrogè-je.

---

[3] Voir *C'est vrai papi que t'es presque vieux*, Éditions Héraclite

Je regarde s'éloigner sa grande silhouette légèrement voûtée, effilée et fragile, que je compare d'emblée à l'image d'un roseau qui s'arc-boute au souffle du vent, mon roman dans une de ses mains. Avant de sortir du gymnase, dorénavant désert de visiteurs, il se retourne, me fixe intensément de son regard pénétrant, qui étonnamment ne m'indispose pas. En me quittant des yeux, son visage à la forme ovale, marqué de ses rides profondes, ébauche une esquisse de sourire, peut-être en souvenir de la femme rencontrée dans une autre vie, qu'il évoqua lors de notre conversation et qu'il aima très certainement.

II

Un surprenant lecteur

« Le présent est fait du regret des bonheurs qu'on n'a pas eus et du souvenir de ce qu'on a souffert »

Henri de Régnier

1

Il est à la lisière de l'âge où la vie bascule sur une rive incertaine, celle que l'on aborde les tempes grisonnantes aux deux tiers de sa vie, sur laquelle les illusions s'échouent et les remords affluent.

Pour lui, cette rive, à l'évidence n'est pas la plus rassurante ni celle qui assagit. Il devine qu'elle se situe à la croisée des chemins et que le prochain qu'il prendra sera borné de regrets, d'interrogations métaphysiques, que la lanterne de sa destinée infailliblement vacillera peu à peu dans le temps qui fuit, avec l'horizon s'obscurcissant.

Par la force des choses et parce qu'il pense que forcer le destin et vouloir modifier sa trajectoire n'est que vanité, en abordant la vieillesse et ses méfaits il espère s'accommoder des questions spirituelles universelles toujours sans réponses depuis l'origine du monde : le temps qui passe sans maîtrise, la folie destructrice de l'Homme, la mort et l'oubli, la conscience que tout est éphémère – et aussi le bonheur, le mystère des sentiments, la question essentielle sur le sens de la vie...

Depuis son retrait délibéré de ce qu'il nomme le « *troupeau humain dit civilisé* », comme si tout son être intérieur était devenu un désert, là, loin de la civilisation, il n'y a que le silence et la solitude qui trouvent grâce à sa vision de la vie et à l'intérêt de vivre. Vieillir seul ne l'effraie pas, et puis son *deuxième moi*, espiègle, caché quelque part dans l'intime de ses viscères lui tient compagnie, même si celui-ci ne l'épargne guère par ses reproches ou sa mordante ironie.

Mais pour ne pas sombrer dans les vagues imprévisibles et indomptables du repentir, de la honte des échecs, de la froideur des souvenirs arrogants ou des absences définitives, il aspire vaille que vaille à rester dans un éveil vigilant avec l'énergie nécessaire qui lui permettrait de faire un magistral pied de nez aux rancunes hideuses, à tous ceux qui l'ont trahi, humilié.

Par défi, en dialogue avec sa petite voix, il veut se moquer de la nostalgie malveillante et affronter une dernière fois la fatalité en criant *sa* vérité. Debout, en homme libre, sûr de son fait, il veut combattre la bien-pensance qui lui a fait tant de mal.

Il aimerait tant dire ses fautes et graves maladresses, ses erreurs de trajectoire ; pour retrouver une paix intérieure, il lui faudrait évacuer des profondeurs de son être les non-dits et conflits internes, ses reniements, ses lâchetés. Puis, comme dans un film, en flash-back faire renaître le passé en remplaçant la couleur sépia par celles de l'arc-en-ciel qui effaceraient les séquences de malheurs et de chagrins qui brisent le cœur, tricheries des faux amis, mauvais rêves, les amours illusoires…

Comme un poète à la désespérance chevillée à l'âme, il cracherait à la face de la société toute l'amertume qui empoisonne ses entrailles, son dégoût du monde actuel aux valeurs qui se désagrègent, son rejet de l'immatérialité qui dans les esprits remplace subrepticement le réel, avec la vision surréaliste de l'Homme bionique dominé et asservi par l'Intelligence artificielle.

Alors, en cette fin de journée, dans sa tanière au sobre décor, à la fenêtre fermée à la vie hasardeuse et aux envies d'aventures amoureuses, aux livres fatigués à l'odeur poussiéreuse, avec depuis si longtemps au mur le même miroir qui lui renvoie la même image d'un être sombre, misanthrope, désabusé, il est décidé à écouter sa petite voix, son alter ego qui en voix *off* lui dit souvent de libérer ses démons intérieurs en redevenant son propre maître pour revivre à sa guise l'histoire de ses décennies enfuies.

Ce soir, il se contrefiche que son passé comporte des scènes pénibles aux situations inconfortables, mais inévitables sur la longue route du temps ; sans les renier, il s'affranchira des souvenirs détestables.

Dorénavant, il croit avoir les coudées franches pour retrouver l'espérance gâchée et perdue. À son âge, il n'a de compte à rendre à personne, et sans se transformer en globe-trotter infatigable ou en intrépide chasseur, pour lui, le moment est venu qu'il redonne un sens à sa vie.

Cette quête des retrouvailles avec lui-même, il l'a ressentie profondément tout à l'heure au Salon du livre de Mâcon.

Ce fut comme un déclic brutal fragmentant de manière irrationnelle sa perception de l'existence. Ce vertige tenace le prit en tenaille lorsqu'il s'arrêta au stand de la jeune auteure : Méline Lepré. L'œil attiré par son livre, puis saisi par son air de ressemblance avec une femme qu'il a aimée, il y a une vingtaine d'années, impulsivement il eut envie de la connaître.

Son regard incisif et vif, mais où transparaissent des accents de tristesse, donnant ainsi une impression de fragilité ; les légers plissements de son front traduisant un tempérament inquiet ; le hochement systématique de sa tête pour exprimer son désaccord ou formuler une objection ; le charme indéfinissable qui émane de sa personne... furent autant de reflets fidèles pour lui rappeler cette brève aventure de seulement quelques jours dans un écrin naturel du Queyras, mais qu'il n'oublia jamais.

Cinq jours plus tard, après avoir lu, souvent le cœur battant et la poitrine serrée par l'émotion, le récit sensible et parfois douloureux de Méline, enfant née sous X, il est sous le choc de cette narration en grande partie autobiographique, au style élégant, harmonieusement charpentée, aux traits d'humour, lui donnant l'impression qu'elle se confond avec sa propre histoire.

Bouleversé, un désordre entre son passé et le présent, entre le réel et la fiction, se manifeste en lui. Le trouble qu'il subit est si fort qu'une fougueuse impulsion le contraint en fin d'après-midi, à prendre la carte de visite de cette jeune pousse d'écrivaine, afin de lui exprimer de vive voix l'émotion qu'il a ressentie en refermant son livre, avec cette pensée : *qu'arrive, ce qui doit être.*

— Bonsoir mademoiselle Lepré. Nous nous sommes rencontrés dimanche dernier au Salon du livre de Mâcon. Je viens de terminer la lecture de votre roman « C'est vrai papi que t'es presque vieux ? ». Je l'ai adoré et je tiens à vous féliciter pour la maîtrise et la limpidité de votre écriture. Quant à l'histoire, elle m'a bouleversé et m'a projeté dans mon passé.

— À votre voix, je crois vous reconnaître. Vos compliments me touchent vraiment. Vous êtes le premier lecteur à me contacter pour me dire des choses agréables et j'avoue que cela me flatte. J'espère que mon second roman en cours d'écriture vous apportera autant d'émotion et de plaisir de lecture.

Malgré la réserve habituelle à la physionomie *misanthrope* qu'il s'impose, au travers de leurs quelques échanges cordiaux le submerge une envie de communion avec elle. Il se demande quelle est la logique de son attirance pour cette jeune femme ; il se sent emporté par une force irrésistible qui lui donne l'audace de proposer à Méline :

— Avec les décennies qui défilent, j'aimerais comme vous, savoir utiliser les mots pour laisser un témoignage de mon passage sur cette terre. Mais je n'ai pas ce talent. Aussi, je cherche une plume talentueuse qui pourrait m'aider à écrire ma biographie, et je vous assure, sans cabotinage, que les choses de ma vie que j'ai à relater sont nombreuses et parfois déroutantes ! Alors à brûle-pourpoint, accepteriez-vous d'être cette plume ?

Outre qu'il apprécie l'ambiance bon enfant, ni prétentieuse ou guindée d'un salon du livre, cette rencontre avec les auteurs est pour lui une opportunité salutaire qui lui permet de sortir de sa condition d'ermite perché sur les hauteurs de Saint-Racho, dominant la vallée du Sornin qui, virage après virage conduit à la plaisante et touristique ville de La Clayette. Dans la région, ces rassemblements littéraires sont nombreux, et à parcourir les stands des auteurs, à parler avec certains de leurs ouvrages, il ressent d'instinct leur solitude intrinsèque, leur envie de partage, leurs émotions ou leurs frustrations diverses.

Ces femmes et ces hommes – qu'importe leur âge – qui osent romancer un amour triomphant, parler de leurs déceptions, exprimer leur espérance en la vie, dévoiler leurs fantasmes et leurs rêves..., désireux de prendre les passants par la main pour les encourager à rentrer le temps d'une lecture dans leur imaginaire : ce « cache-misère » qui souvent compense le non-sens de la vie et la misérable condition humaine, souvent l'émeuvent. Il a l'impression de tanguer sur le même fil d'équilibre qu'eux et qu'un lien invisible les unit.

Mais, c'est sans doute cette soif de plus en plus pressante au fil des ans de livrer à une oreille attentive douée pour l'écriture, en complicité comme avec un reporter de l'âme et du cœur, les psychodrames, les blessures, les peurs, les bonheurs qu'il connut au cours de son existence, qui le fait parcourir en tant que badaud les divers salons du livre de la région bourguignonne. Il espère ressentir le bon feeling pour un auteur ou un biographe qui accepterait de rédiger son histoire mouvementée.

Avant l'étiolement de ses facultés intellectuelles, l'effacement progressif de ses souvenirs, le basculement fatal dans le puits sans fond du néant, il juge qu'à soixante et un ans, il est temps de raconter, à la manière d'une expiation, les principales séquences de son existence et la pantomime qu'elle fut.

III

Croire à l'irrationnel

Dans un tourbillon de mots

Sortir du cercle infernal

Du non-sens de la vie

De la bêtise et de la haine

1

À cette proposition inattendue qui évidemment m'interpelle, je réplique confusément :

— Je ne pense pas posséder l'expérience nécessaire pour ce genre d'écriture, et puis je vis en région orléanaise, nous aurons besoin de nous rencontrer et cela sera difficile, la distance entre nous est trop importante. Par ailleurs, très prise par mon activité professionnelle, mon agenda est déjà bien rempli.

— Vous savez, mon emploi du temps est si souple qu'il me permet de me déplacer facilement et j'ai la conviction que vous saurez faire revivre les péripéties du passé avec les joies, les rencontres, les surprises, les événements agréables ou non que le destin m'a réservés et dont il m'a gratifié. Je vous demande d'y réfléchir. Je suis incapable de l'expliquer, mais depuis notre récente rencontre à Mâcon et la lecture de votre roman, je suis persuadé qu'elle n'est pas fortuite. Elle devait se produire ! Je m'appelle Georges Huasse et pour ma biographie j'ai même un titre à vous proposer : « *L'anachorète de la montagne de Dun* ». Il résume bien ma vie d'aujourd'hui.

Mal à l'aise ! Devant l'insistance de cet inconnu aux propos argumentés, qui, il est vrai ne me laissent pas insensible, dans l'instant, afin de ne pas lui donner l'impression de le déconsidérer, que puis-je lui répondre d'autre, sinon qu'une réflexion me semble nécessaire et que je lui donnerai une réponse dans les prochains jours ?

Le soir même, je parle à Jérôme de ma rencontre quelques jours plus tôt à Mâcon avec cet inconnu, Georges Huasse, devenu depuis ce jour-là un de mes lecteurs, et de son étrange proposition téléphonique : accepter d'être la plume confidente qui traduira en mots sous forme de récit biographique son histoire, et pour moi il va de soi : sa vérité.

Les paroles de mon chéri confortent mes scrupules et ma réticence à répondre positivement au souhait de cet inconnu. Comme moi, il estime que cet exercice littéraire, en dehors de la maîtrise de l'écoute, requiert une capacité psychique et une expérience permettant d'entendre des confidences parfois scabreuses et éprouvantes, de l'abnégation, un savoir écrire spécifique qu'aujourd'hui je ne possède pas encore. En final, il précise sa pensée :

— Tu devrais simplement lui répondre que tu ne souhaites pas te disperser, que ton compagnon trouve que tu es déjà peu disponible, ce qui ma foi est vrai, et qu'en conséquence il te semble inopportun d'accepter cette proposition. Insiste sur ton inexpérience pour mener à bien ce travail, et qu'il s'adresse à un biographe confirmé ! Mais surtout, attends avant de lui téléphoner, laisse-lui l'initiative d'une nouvelle prise de contact, ton silence sera une sorte de réponse, me conseille-t-il résolument.

« *L'air de rien, n'est-ce pas un message subliminal qu'il vient de m'adresser sur l'insuffisance de ma disponibilité à consacrer à notre couple ? L'incompréhension frappe-t-elle à notre porte, vient-elle s'inviter à notre table* ? », pensè-je. Mais vraiment, sur ce point sensible – télescopage entre travail, vie à deux et recherche intense de ma filiation biologique – comment puis-je le contredire ?

Quant au reste, il a raison, je suis si loin d'évoluer dans la cour des grandes romancières : je ne suis en effet qu'un oisillon romanesque du printemps dernier, balbutiant, et qui a encore besoin d'être couvé dans son nid.

Toutefois, malgré ce handicap, l'oisillon a conscience qu'il n'est pas anodin de recueillir les confidences intimes d'une personne inconnue, une telle confiance doit se mériter. Aussi, en accord avec cette conscience du risque et de mon ressenti instinctif relatif à ma carence psychique pour assumer le rôle de « confesseuse », en approuvant tacitement le commentaire de Jérôme, une interrogation lancinante me taquine : « *dans mon roman, quels passages du récit, quels personnages ou événements ont tant bouleversé cet homme d'un âge mûr et l'ont projeté dans son passé en lui donnant l'envie de se confier à moi ?* »

Mon chéri interrompt cette réflexion, et sans attendre ma réponse à son conseil, poursuit sur un autre sujet qui me tient à cœur et occupe une large partie de mes insomnies :

— Sur la question de la recherche de tes parents biologiques, où en es-tu ? Ce sujet sur tes origines me semble plus essentiel.

— J'ai commencé ma quête en essayant d'ouvrir certaines portes, mais je fais du surplace et je n'ai pas bougé d'un pouce depuis notre dernière conversation sur ce sujet. Les quelques pistes que j'avais trouvées sont inexploitables et le mutisme borné des diverses strates administratives s'avère effrayant, il est mon pire ennemi. De la maternité où je suis née, en passant par les registres de l'état civil et les services sociaux qui m'ont prise en charge, la réponse est la même : « … *l'accouchement a eu lieu anonymement et votre mère biologique n'a pas souhaité révéler son identité ; elle n'a laissé aucun élément permettant de l'identifier* ».

— Même s'ils possèdent quelques indices, la loi les bâillonne. En récusant le droit pour un citoyen de connaître ses origines, cela confirme que notre système manque d'humanité.

— Mon cœur, tu me connais, même si la date, l'heure et mon lieu de naissance ne sont pour l'instant que mes seules certitudes, battre en retraite n'est pas mon style. L'échec m'a toujours stimulée, alors jamais je ne lâcherai. Retrouver celle qui m'a donné la vie est devenu pour moi un enjeu primordial ! La deuxième étape, encore plus compliquée, sera de connaître les circonstances de ma conception, et qu'elle me fournisse des renseignements sur l'homme qui l'engrossa, pour tenter de mener une chasse à ce type. Et puis, je compte aussi sur un coup de chance, sur ma bonne étoile... et sur toi, mon chéri.

Malgré mon jeune âge, je connais l'inexorable force de la fatalité, capable de nous entraîner dans le meilleur des choses comme dans le pire de la vie. J'ai relaté dans mon premier roman tout ce qu'elle m'avait fait subir depuis mon dix-huitième anniversaire : la réponse stupéfiante à la mort par noyade dans la Loire de Jacques, mon père adoptif ; l'incroyable réapparition de papi après dix-sept ans d'absence, sa responsabilité dans la mort de mon père ; la découverte de mon statut de gamine adoptée.

Mais encore une fois, ma nature optimiste m'incite à penser que toutes ces épreuves étaient pour mon bien ; et puis, cette fatalité n'est-elle pas aussi la main de la Providence qui me guide, me protège et me fait avancer coûte que coûte ? Si elle ne m'avait pas mystérieusement obligée à emprunter un chemin parfois de traverse, semé d'embûches, sans elle, je vivrais certainement toujours dans le mensonge, et ma mère adoptive que j'aime et admire énormément serait encore dans le refuge inconfortable du déni.

Dans le même temps, dans son antre isolé mais ouvert à la lumière naturelle grâce à ses larges baies vitrées, décoré sommairement mais au confort du vingt et unième siècle, perché sur le flanc sud et verdoyant de la montagne de Dun – ancienne ville fortifiée à 708 mètres d'altitude, à ce jour haut lieu touristique du Brionnais –, dans le silence solitaire et l'air frais de ce superbe site, à l'abri des passions, des batailles sournoises, des commérages, Georges sent tout son être en accord profond avec ce lieu.

Et sur ce promontoire montagneux surplombant la vallée, offrant un grandiose panorama sur le Haut-Beaujolais et son point culminant : le mont Saint-Rigaud, il s'étonne de l'élan irrépressible qui le porte à s'intéresser à cette séduisante jeune femme : Méline Lepré.

Cette curiosité impulsive, de quel tréfonds vient-elle ?

A contrario, pourquoi éprouverait-elle le même intérêt pour sa personne : lui, à l'évanescent passé rempli de regrets, installé maintenant dans la décennie où les ans blanchissent impitoyablement chaque seconde qui passe ?

Pourtant, au temps des cheveux argentés, n'a-t-il pas le droit d'entreprendre l'inventaire de sa vie ? Plutôt qu'un testament posthume, ne vaut-il pas mieux raconter son histoire de son vivant ? Ainsi à Saint-Racho, en cette soirée de début d'été, il est viscéralement persuadé que Méline acceptera sa proposition d'être sa plume attentionnée : le temps d'écouter et de composer sa biographie. Elle écrira pour lui, avant que ses méninges sombrent dans la dégénérescence et l'oubli, tout ce qu'il a tu jusqu'à présent.

Alors, il se dit qu'il doit établir une liste la plus exhaustive possible de souvenirs et de faits : heureux, tristounets, dramatiques, joyeux de son existence.

Avec son futur qui perd de la consistance de jour en jour, avec l'impression pénible que c'est de plus en plus rapide, vraiment, il espère qu'elle ne jugera pas sa démarche ridicule, pathétique ou trop égocentrique. Il craint aussi de manquer d'arguments pour lui expliquer sa vision de la vie, qu'il assimile à un grand jeu de dupes et de bluffs successifs. Mais, avec la certitude arrimée en lui que les phénomènes irrationnels existent et conditionnent la destinée de l'être humain, il croit fermement qu'un lien cognitif entre eux s'établira mystérieusement.

Sans avoir l'arrogance de penser, que depuis cette rencontre à Mâcon il ait rajeuni, indéniablement elle stimule le tonus mental qu'il lui reste en réserve et ravive un enthousiasme en sommeil depuis trop longtemps.

2

Incertaine et frileuse, redoutant de tomber dans un piège, j'applique la théorie de l'ignorance muette préconisée par Jérôme, toutefois avec un arrière-goût de frustration car, imprudemment peut-être, j'éprouve un sentiment de curiosité envers ce bonhomme mis en lisière de ma route par la fatalité.

Aussi mon cœur frémit, quand, ce jour à l'heure du déjeuner, dans une brasserie du quartier piéton du centre-ville d'Orléans, en tête à tête avec une amie rencontrée sur les bancs de la fac de Lettres, je reçois sur mon portable un signal m'indiquant qu'un message oral du dénommé Georges Huasse est en attente. Sa détermination à me contacter ne m'offusque pas ni ne me stresse – au contraire – et je devine la teneur de son appel et de son propos.

À la fin du repas, en sortant du restaurant et quittant mon amie, je me branche sur son message en attente de mon bon vouloir d'écoute :

« *Bonjour Méline.*

Votre silence à ma proposition me fait craindre une réponse négative. Je dois me rendre à Paris dans les prochains jours, Orléans étant sur ma route, je peux m'y arrêter vendredi matin afin de vous rencontrer et de plaider ma cause. Nous pourrions déjeuner ensemble.

De ma mémoire j'ai commencé à sortir quelques vestiges et souvenirs marquants, je les ai compilés dans un manuscrit d'une douzaine de feuillets que je pourrais vous remettre à cette occasion, si vous acceptez de me suivre dans ce projet de biographie.

Dans l'attente de votre réponse. Veuillez pardonner mon insistance.

Georges. »

Dix minutes plus tard, arrivée à la maison d'édition, sans trop de réflexion, inconsciemment, peut-être par jeu, j'accepte par un texto le rendez-vous et lui propose que nous nous retrouvions ce vendredi à 12h30 au restaurant « Le Gone » situé sur l'avenue en face de la gare d'Orléans, mais je suis tout de même intriguée par sa pugnacité : « *qu'est-ce qui peut bien le pousser à s'intéresser à moi* ? *Dommage pour lui, il repartira sans doute déçu par ma réponse, mais faut-il que son passé le hante pour qu'il tienne tant à l'extirper de sa mémoire* ! », argumente mon esprit.

Le soir au détour d'une conversation avec mon compagnon, j'évoque, sans véritable étonnement de sa part, cet échange de messages ; en revanche, me laisse perplexe le commentaire qu'il me lance sèchement, accompagné d'un geste à la fois de dépit et de résignation :

— Bien sûr, je suppose que ma compagnie à ce repas n'est pas utile et souhaitable ; comme toujours tu n'as besoin ni d'un témoin ni d'un chaperon.

— Oh, mon chéri ! Cette remarque déplacée n'est pas digne de ta verve poétique. Que se passe-t-il ?

— Ma douce, je peux si tu le souhaites te donner une version en alexandrins. Mais pour moi, la poésie est un tableau de mots de toutes les couleurs qui permet d'exprimer entre autres la vérité des sentiments et ses états d'âme, aussi je te dirai la même chose, mais clamée en quatrains et enrobée dans du miel.

Afin de ne pas envenimer la situation, je préfère ignorer cette réponse que je prends pour une mauvaise humeur passagère, bien qu'elle ait le ton d'un avertissement.

Le lendemain en fin de matinée, lors d'un papotage téléphonique avec mon papi maternel, André, je lui parle de cette rencontre déconcertante programmée avec celui que j'ai baptisé instinctivement G.H.

Depuis nos retrouvailles mouvementées relatées dans mon premier roman – qui a tant plu à G.H. –, et à la suite de la fête familiale que j'ai organisée il y a deux ans à Brindas chez mon parrain pour célébrer la réussite à mon Master dans les métiers du livre et de l'édition, les liens de confiance avec cet aïeul, au fil des contacts, se sont renforcés.

En confiance, il est devenu mon plus fidèle confident ; je recueille son avis et ses conseils sur les choses essentielles, agréables ou non, qui s'invitent à l'improviste dans ma vie, et même s'ils ne sont pas tous infaillibles, au moins ils me tranquillisent.

D'ailleurs, je crois que c'est leur influence dans mes décisions qui agace Jérôme. Mais malgré ma compréhension de ses crispations d'amour propre, mon attachement presque viscéral à papi – même si paradoxalement aucune fibre génétique n'existe entre nous – est si fort que je refuse de me soumettre aux reproches de mon chéri.

Au-delà de sa chevelure blanche comme neige immaculée, les ans n'ont pas de prise sur lui. À part quelques sillons peu profonds sur le visage, de légères traces et taches marron sur la peau, les ans semblent l'effleurer sans laisser de stigmates traumatisants. Mentalement, il a encore du répondant, et il le prouve quand il déclare par défi : *« il ne faut pas me chatouiller où ça ne me démange pas, sinon, gare »*.

Avec deux décennies et demie d'écart d'âge avec son épouse Annabelle, et avec un fils adolescent, entouré de la tendresse et de la bienveillante protection de tous les deux, est-ce cela qui lui permet de résister aux assauts de la vieillesse ? Tous les deux sont-ils son armure et un ardent stimulant face aux impitoyables méfaits des années ? Et est-ce sa phobie de devenir vieux qui lui permet de braver avec succès cet ennemi invisible : le Temps ?

Comme je l'ai décrit dans mon récit précédent, si papi n'est pas un aventurier de haut vol, en revanche son parcours de vie confirme son don pour les cavales et les bourlingues assez fantastiques. Sa longue absence de dix-sept ans du cercle familial, irréelle, sinistre, à l'apparence macabre, digne d'un polar, peut sans conteste en témoigner. Encore aujourd'hui, à son âge, et malgré ses peurs chroniques héritées de sa prime enfance, il aime jouer et défier le hasard. Aussi, lorsqu'il me donne son avis sur mon rendez-vous avec G.H, je ne suis pas surprise :

— Vendredi à midi ne te précipite pas pour lui donner ta réponse. Oblige-le à se découvrir pour qu'il t'explique sa réelle motivation. Prends les quelques feuillets qui retracent sa vie ; promets-lui de les lire et de lui faire part de ton ressenti sans complaisance. En toute objectivité, tu seras ainsi par la suite à même de lui faire valoir tes arguments de refus. Mais il se peut aussi que son histoire soit passionnante. Faut-il te rappeler que les surprises arrivent toujours quand on s'y attend le moins ? Elles donnent du piment à la vie et un peu d'aventure la rend moins insipide. Ne l'ai-je pas prouvé, hélas à vos dépens ?

— Reçu ton message cinq sur cinq. Merci papi. Et je te confirme que tu ne nous as pas épargnés. Je t'embrasse.

Vendredi.

Installés dans l'angle le moins bruyant de la salle du restaurant « Le Gone », en quelques mots chaleureux de remerciements, d'emblée G.H. me met à l'aise. Il m'affirme que notre tête à tête de ce jour ne m'engage à rien, et surtout qu'il ne s'agit pas d'une astuce vicieuse de sa part pour séduire une charmante jeune femme. Il ajoute toutefois avec un brin d'autodérision que mon aide à réaliser son projet, avec ma plume ou mon clavier, le comblerait de joie :

— Pour donner immodestement une consistance littéraire à mon passage sur cette pauvre planète, martyrisée par une humanité en folie. Et bien sûr de cette folie, j'en prends ma part, car dans une autre vie je l'ai alimentée activement et sans vergogne. Simplement, je vous demande aujourd'hui de m'aider à faire mon *mea-culpa.*

Après quelques secondes de silence, sur un autre registre empreint de gravité, aux mots sans doute sincères, il poursuit :

— Vous savez, Méline, je suis un type imprégné d'égoïsme, peu recommandable, qui pendant longtemps a eu une vision matérialiste de la vie. Mais à ce jour, assurément, un sentiment d'avoir tout raté, et aussi un ego énorme peuvent expliquer ma volonté farouche à laisser une trace écrite de ma présence éphémère sur cette terre.

— Cela je peux le comprendre, le rassurè-je. Comme la plupart des écrivains ou des artistes, je suis moi-même confrontée à cette vanité narcissique de me prendre pour le nombril du monde. J'en ai conscience, alors je lutte pour que se taise en moi ce nombrilisme indécent. Cependant, c'est votre insistance à vous adresser à une jeune auteure inexpérimentée que je trouve étrange. Quelle est la vraie raison de cet entêtement presque insolent ?

— Incapable de vous l'expliquer. Vraiment. Depuis quelque temps déjà une envie de biographie me titillait le cerveau. Quand je vous ai aperçue au Salon du livre à Mâcon, une pulsion irrésistible m'a entraîné vers votre stand, et lorsque j'ai feuilleté les pages de votre livre, j'ai ressenti une espèce de fluide d'allégresse m'envahir. Il provoqua un déclic en moi, et la lecture de votre roman révéla ce désir de vous confier ma biographie.

— Comme dirait mon grand-père André *« les surprises arrivent toujours quand on s'y attend le moins. »*

— C'est parfaitement exact. Je crois à l'absurdité de la vie, à son côté irrationnel qui nous fait avancer parfois à contresens ou cahin-caha sur des chemins chaotiques ou de traverse.

Cette certitude qu'il exprime d'une voix ferme, en levant un doigt vers le ciel et en me regardant intensément, me donne l'impression qu'elle est chevillée à son corps. Devant ce presque inconnu, je me surprends à penser que je possède aussi cette certitude de l'irrationalité du monde, elle est ancrée dans mes viscères. Après toutes les épreuves que j'ai subies au cours des dernières années comment pourrais-je en effet ignorer la main mise par l'implacable fatalité sur ma destinée ?

Et puis, mi-sérieux, mi-rigolard, il continue :

— Dites Méline ! Ne ressentez-vous pas dans cette salle de restaurant une atmosphère indéfinissable, comme si l'esprit d'un malin tel celui d'une poupée vaudou essayait de nous envoûter ? N'est-il pas en train d'inhiber notre libre arbitre et de nous marabouter ?

Surprise par cette boutade qui m'apostrophe, j'essaie de répliquer en le raillant avec ironie :

— Non ! Mais pour arriver à vos fins, ne tentez-vous pas plutôt de m'effrayer en me faisant croire que des sciences occultes gouvernent le monde, et que notre cérébral est à leur merci ? Faut-il faire appel à un exorciste ? Ou alors ne supportez-vous pas les vapeurs de l'alcool que nous avons dégusté, pourtant avec modération, au cours du repas ?

— Plus sérieusement, Méline, en dehors de cette question sur le paranormal, forcément vous ignorez mes attaches lyonnaises, aussi n'est-ce pas une extraordinaire coïncidence que vous ayez choisi ce restaurant dénommé *Le Gone*, et, pourquoi ai-je cette impression confondante que je vous ai déjà rencontrée dans une vie antérieure, tellement certaines de vos expressions et mimiques me paraissent familières ?

— Alors, disons, Georges, que c'est une autre facétie du hasard. Ce restaurant est une référence à ma mère adoptive et à ses parents qui sont nés à Lyon ; mais vous le savez puisque vous avez lu mon roman. Nous y venons deux ou trois fois dans l'année, cela lui permet de retrouver l'ambiance si particulière des bouchons lyonnais ; il est sympa, on s'y sent bien et la cuisine est de qualité. En dessert, je vous conseille de vous laisser tenter par la tarte aux pralines faite maison, elle est aussi sublime que celle qu'on peut déguster à Lyon, dans les pâtisseries du quartier Saint-Jean.

— Pour la tarte aux pralines je vous fais confiance. Quant aux coïncidences, il y en a d'autres, je vous l'assure, et elles sont troublantes. Vous les découvrirez si vous lisez les quelques pages qui résument ma vie, et j'espère que nous en reparlerons.

— Je les lirai. Mais y trouverai-je la réponse à votre suggestion de donner à votre biographie ce titre où semble se terrer un secret : *L'anachorète de la montagne de Dun ?*

— Absolument. Je vous le garantis.

— Bien que je sois ravie d'avoir fait votre connaissance et flattée par votre proposition, je ne peux rien vous promettre. Mon emploi du temps n'est pas extensible. En toute franchise, ma priorité est l'écriture de mon second roman, j'en suis seulement aux fondations, et dans le même temps je mène un autre projet très personnel sur mes origines familiales qui me demande énormément d'énergie, et je dois garder un peu d'espace disponible pour ma vie de couple.

— Mais, chère Méline, pour moi rien ne presse. Je comprends vos priorités. Je suis un jeune soixantenaire et je ne suis pas encore, comme dans votre roman, un papi obsédé par la phobie de la vieillesse. Dans l'immédiat c'est votre réponse qui m'intéresse. Si elle est positive alors, nous aurons le temps de nous revoir pour mettre en forme l'écrit de ma vie.

Puis il me remet l'enveloppe qui renferme son manuscrit.

En nous séparant, ses yeux brillants me fixent d'un regard limpide, sa main chaude retient fermement la mienne quelques instants, « serait-ce pour m'envoûter ? », m'amusé-je sans mot dire.

Dans les secondes suivantes, en lui tournant le dos, mon esprit, interrogatif, ne peut s'empêcher de méditer sur cette rencontre singulière qui, par son côté énigmatique et quelque peu excitant, aurait à n'en pas douter plu à mon papi.

Et en marchant, concentrée, en paraphrase des propos de G.H je songe à sa réflexion goguenarde sur notre maraboutage par un esprit malin, quelle parabole extravagante ! Mais pour finir, n'a-t-il pas raison ? Surgissant de la nuit des temps, nous sommes tous confrontés à tant de choses paradoxales qui engendrent des peurs ancestrales et irraisonnées.

N'est-ce pas pour lutter contre elles et tous les doutes ou interrogations métaphysiques, que l'espèce humaine inventa légendes à dormir debout, Providence bienveillante, amour universel, croyances aveugles, déesses mythologiques, pratiques religieuses, et même les Cieux avec le paradis, l'enfer, les anges et la vie éternelle… ? Et puis tant pis, si m'exprimer ainsi est blasphématoire !

En exprimant cette réflexion, je pense à mamie et à son journal intime – son ultime thérapie – dans lequel elle énonçait, face à la terrible maladie de Charcot qui la clouait inexorablement dans un fauteuil, ses angoisses, son courage, sa volonté de mourir avec dignité. Je pense aussi à son livre poignant qu'elle ne put achever à cause de son mal atroce, mais qui inspira mon premier opus. Bien entendu, les motivations de G.H quant à sa biographie et les circonstances ne sont pas comparables à celles de ma grand-mère, pourtant leur obstination à vouloir laisser aux proches une trace de leurs bonheurs et souffrances, de leurs non-dits et regrets au travers d'un écrit, présente des analogies et cela me trouble.

En s'installant au volant de sa voiture afin de reprendre la route pour Paris, Georges repousse tout pronostic sur la décision de Méline. Évidemment, penser qu'un refus d'elle à transcrire sur papier un récit de sa vie le laisserait indifférent serait absurde. Forcément, déçu il sera ; il encaissera le choix de cette jeune femme et sa décision il respectera. Forcer le destin ou faire de la surenchère n'est pas son style.

Il possède en lui la conviction que le temps de l'explication sur son retrait symbolique de la jungle citadine, irresponsable, inhumaine, au sein de laquelle il a activement œuvré pendant plus de trente ans, un bandeau sur les yeux et à faire la sourde oreille à l'immonde, semble arrivé. Des signes intérieurs et sa conscience lui disent que le moment propice pour une mise à nu extirpant de ses entrailles la honte de sa lâche connivence avec cette société, soi-disant des Lumières, c'est maintenant.

Pour cela, mais aussi pour revenir dans le réel en s'extrayant de son isolement et sortir de sa misanthropie, un antidote lui est nécessaire. Alors, pour se réapproprier son passé et son histoire, il est persuadé que sa biographie constituera cet exutoire, en espérant que la puissance extrasensorielle à laquelle il croit le reliera à Méline, afin qu'elle accepte de l'écrire pour lui.

Comme tout le monde, il sait que tout évolue. Rien n'est figé. Tout n'est qu'errance. Les pensées, les idées, les sentiments, les rencontres, les choix sont le reflet de cette évolution ; ils cheminent au gré des événements et s'adaptent dans le fond de l'être humain, puis, mine de rien au fil du temps formatent la destinée de chacun. Nul ne possède le monopole de cette évolution ou le pouvoir de s'y opposer. Alors pourquoi lui, ne pourrait-il pas maintenant se métamorphoser ?

Et de fil en aiguille, au long de la route en direction de la capitale, il se demande pourquoi Méline refuserait d'être pendant quelque temps sa complice éphémère ? Après tout, sa vie à lui n'est-elle pas aussi passionnante et palpitante que celle de son grand-père qu'elle a romancée ?

3

Dernière conversation téléphonique avec un libraire du secteur qui souhaitait des renseignements sur la disponibilité d'un roman historique d'un auteur régional que nous éditons, et je décide de quitter les bureaux ; il est presque dix-neuf heures.

La chaleur de plus en plus insupportable de ce troisième été caniculaire consécutif, qui anesthésie même les plus vaillants Orléanais, s'estompe graduellement en cette fin de journée grâce à une brise océanique remontant à contre-courant la Loire, ce qui m'incite à rentrer chez moi à pied.

Quand j'éprouve le besoin de faire le point sur une question délicate, personnelle ou professionnelle, sur un projet à concrétiser ou encore quand je suis à l'affût du moindre brin d'inspiration, pour méditer je renonce à la promiscuité du tram imprégné de relents de sueur, et j'arpente *pedibus* les deux kilomètres de trottoirs, qui vont du bureau à mon domicile.

Au cours de l'après-midi, l'esprit trop absorbé par de nombreux contacts téléphoniques et diverses questions d'ordre administratif à résoudre, je n'ai pu faire l'analyse de ma rencontre avec G.H. En dehors de mes pieds, cette marche sous le soleil déclinant doit me permettre de solliciter aussi ma matière grise, rassembler mes idées et me forger une opinion sur le personnage avec lequel j'ai déjeuné.

Dans mes pensées, sur le trottoir du pont Royal – ou pont George-V – , en observant en contrebas, sous ses voûtes, le lit de la Loire quasiment à sec donnant l'impression que l'on pourrait sans risque franchir à gué les deux rives du fleuve, je reconnais que G.H a le charme d'un homme séduisant, au contact agréable, sans doute cultivé. Certes, il se définit comme un misanthrope, mais cette affirmation ne correspond pas à son look soigné et décontracté ; elle contredit les propos cordiaux, de bon sens, empreints d'une évidente jovialité, que nous avons échangés. En revanche, l'homme grisonnant à l'humour aigre-doux en face de moi tout à l'heure m'est apparu complexe, prisonnier de lourdes chaînes morales. Il semble enfermé dans un labyrinthe – une espèce de quadrature du cercle dont il cherche en vain la sortie.

Si, indéniablement, il apprécie la solitude en l'estimant un carcan protecteur, je ne crois pas à sa misanthropie, raisonnement foireux qu'il entonne et qu'il met en avant comme un bouclier. Alors pour lui : ermite de Saint-Racho, l'isolement s'avère-t-il volontaire ou contraint par des événements louches, indignes, tragiques ou sentimentaux qui pèseraient sur sa conscience et l'encombreraient de plus en plus en vieillissant, tel un lourd fardeau de remords ?

Neuf soirs sur dix, Jérôme termine son job avant le mien, mais à dire vrai sans contrariété pour lui, car jouer la petite fée du logis lui plaît, et il adore cuisiner. Alors souvent c'est lui qui prépare le dîner.

À la suite de ses études à la fac de Lettres d'Orléans, la société de cosmétiques et parfums où ma mère occupe un poste important l'embaucha. Elle lui avait suggéré de profiter d'une opportunité qui se présentait dans le service communication et marketing de cette entreprise de grande notoriété rayonnant au sein de la *Cosmetic Valley* : un pôle de compétitivité qui s'étend sur plusieurs sites de la région Centre-Val de Loire, et de poser sa candidature. Ma mère nous assura qu'en aucun cas elle n'avait influencé le choix de la DRH, son éthique le lui interdisant. Ce fut l'authentique charisme de mon bien-aimé et son profil littéraire qui furent des atouts décisifs et lui permirent d'être choisi – j'eus tendance à penser qu'elle disait la vérité.

Aujourd'hui, la responsabilité des relations avec la presse régionale incombe à Jérôme, il veille à la présence de la société dans les manifestations importantes de la région et à son image de marque auprès des commerces, des consommateurs et des réseaux digitaux.

Quand j'arrive à l'appartement, le chemisier collant de transpiration, il est encore à la cuisine à préparer notre repas, léger, à la mode estivale. En cette période de grosse chaleur, ce choix, je l'approuve bien volontiers. Le couvert est mis, et mon seul souci consiste à me mettre à l'aise, puis à glisser mes pieds sous la table en le félicitant.

À ces retrouvailles du soir, après un bref compte-rendu de notre journée, sans choses croustillantes à révéler, Jérôme m'informe qu'il a rencontré ma mère en quittant l'entreprise et qu'elle souhaite nous inviter samedi prochain en fin d'après-midi, avec deux couples d'amis et voisins, afin de participer à son rituel barbecue d'été.

— Quand ma chère mère comprendra-t-elle que cette mangeaille grillée ne m'emballe pas ? Hélas ! Comment peut-on y échapper ? Je l'appellerai pour lui dire du bout de la langue que nous serons présents.

— Moi aussi j'y suis allergique, mais le pire c'est leurs amis, surtout ce couple d'avocats, prétentieux, snobinards. Heureusement que ton beau-père a dans sa cave de très bons vins et qu'il nous en fait profiter, ça sauve la soirée. Mais dis-moi, la rencontre à midi avec ton lecteur favori, ce fan qui veut te confier sa biographie, comment s'est-elle passée ?

— J'étais plutôt réticente pour ce déjeuner en tête à tête avec lui. Finalement je ne le regrette pas. Ce bonhomme est assez fascinant. D'abord, il est sympa, mais surtout, il y a un incroyable décalage entre l'image de l'ermite qu'il veut imposer et ce que j'ai ressenti au cours du repas : personnage complexe, s'exprimant comme s'il avait raté sa vie, ce qu'il masque cependant par une soif d'absolu, comme s'il était à la recherche d'une rédemption. Cette soif qu'il assouvit certainement loin de la présence humaine, dans ce lieu du Brionnais entouré de collines et de pâturages, « déserté et abandonné par la puissance publique, mais avec une âme », comme il a dit.

— S'il a fait ce choix de fuir la civilisation, c'est sans doute qu'il a une bonne raison, tu ne crois pas ?

— Une bonne raison... ou peut-être une mauvaise ! Mais à l'écouter, il va de soi qu'il ne croit plus à grand- chose et qu'il n'attend rien du système actuel. Je suppose que sa motivation pour fuir le monde, je la découvrirai en lisant les quelques pages résumant sa vie qu'il m'a confiées en nous quittant.

— Tu vas les lire ? Tu m'avais pourtant assuré que tu ne lui laisserais aucun espoir d'être sa messagère.

À l'instant, à l'éclair frondeur, au dépit incontrôlable que je capte dans son regard marron-vert, il doit penser : *« Je te connais trop, ma Belle. À tes paroles je sais que ta décision est déjà prise, mais as-tu réfléchi aux conséquences d'une réponse positive ? »*.

Je choisis de ne pas feinter en faisant mine d'ignorer cet éclair fugace, très expressif, qui m'a traversée intensément et a électrisé ma sensibilité, mais sans laisser de stigmates apparents.

— Mais il m'a fait confiance, et décemment je me sens obligée de lire sa prose. Cette lecture sera déterminante quant à ma réponse. Je t'en prie, Jérôme, ne nous fâchons pas pour quelques pages à lire !

— Évidemment, c'est ma faute ! Cependant, qui de nous deux a un emploi du temps super chargé ? Avec ton job très prenant, le roman que tu écris, tes recherches sur ta mère biologique, nous partageons de moins en moins de choses, et si tu acceptes sa proposition, forcément, ce sera encore au détriment de notre couple. Quel temps restera-t-il pour nous ?

— Il ne faut pas exagérer, mon chéri ! J'ai besoin de deux à trois heures pour découvrir sa prose. Et si je décide de bosser pour lui j'y mettrai mes conditions, notamment quant au délai pour réaliser ce projet.

— Ma parole, ce G.H t'a envoûtée ! Alors, lis son manuscrit et après nous en reparlerons !

Décidément, cette idée d'envoûtement me poursuit, songè-je. Mais à quoi bon en faire la remarque et apporter de l'eau au moulin de mon compagnon pour qu'il éclabousse encore un peu plus notre relation et que cette discussion prenne l'allure d'une dangereuse passe d'armes.

Dans le ciel du Val de Loire où s'est formé un léger halo de brume, les rayons du soleil de moins en moins ardents dessinent dans la pièce des ombres qui, naturellement, s'effaceront au coucher incessant de l'astre rayonnant. En parabole de cette image, j'espère que l'ombre de son jugement épineux et troublant sur mes centres d'intérêt, qui à pas de loup s'est installée entre nous deux, disparaîtra de la même façon. Sinon, je pressens qu'avec son contre-pied de ce soir et le doute s'instillant, je doive gérer un délicat malaise au sein de notre couple.

À l'évidence, sans coup férir et sans m'y attendre, voilà que sur la table de notre salle à manger vient de se poser une équation obscure et compliquée à résoudre, même pour les plus doués en maths. Elle comporte en paramètres d'une part la stabilité de notre relation en reconnaissant le bien-fondé du commentaire de mon compagnon sur mes activités, qui absorbent une large partie de mon temps disponible – le nier serait malhonnête –, et d'autre part le saut dans l'inconnu en acceptant la proposition de G.H. et le ressentiment de Jérôme qui ne pourra que grandir.

Par bonheur, à la fin du repas, accompagné de plages de silence inhabituelles entre nous, le tempérament conciliant de Jérôme m'apporte une fois de plus la preuve de son amour et de son attachement à notre union, avec ce *deal* qu'il me propose et qui me laisse bouche bée :

— D'accord, Méline, je ne souhaite pas te brusquer et je comprends ton besoin d'écrire et ton désir d'indépendance. Nous sommes à la fin du mois de juin, alors je te suggère que nous nous donnions six mois pour nous retrouver sur la même longueur d'onde. À la fin du mois de décembre, tu auras sans doute bien avancé dans tes projets. Si tu réponds positivement à *ton* inconnu, alors donne-lui ce délai. Je suis capable de patienter un semestre, mais l'année prochaine, pensons à nous ! J'ai envie que nous formions un vrai couple en nous pacsant d'abord, et en fondant une famille ensuite.

— Ça alors ! Tu m'as habituée à plus de romantisme. Une telle déclaration qui donne l'air d'être improvisée aurait mérité, me semble-t-il, quelques vers enflammés que tu sais si bien composer, et que tu me clamais il n'y a pas si longtemps sur notre banc fétiche en bord de Loire. Comment dois-je interpréter cette annonce surprenante ?

— Les quatrains sont absents, mais crois-moi, mon cœur, je t'aime toujours autant. Tu restes ma Tourterelle, et mon avenir est d'être en union avec toi ;

mais reconnais aussi que tu n'es plus la Méline, insouciante, disponible, prônant le partage solidaire, du temps de nos études en fac. J'ai l'impression que plus nous avançons, plus les cartes que nous avons entre les mains se brouillent et que nos centres d'intérêt respectifs sont de moins en moins compatibles.

À ce diagnostic alarmant, teinté de grise lassitude, je comprends que Jérôme, mon premier et unique amant, malgré son tempérament accommodant, navigue dans le doute le plus opaque. Je présume par ses propos sans ambiguïté, qu'à cause de moi, par manque de visibilité, une réelle menace plane au-dessus de notre couple, pouvant entraîner sa déstabilisation et au pire sa désintégration. Je dois le rassurer afin d'éviter que la fissure entre nous, dorénavant apparente, ne s'élargisse :

— Ne dramatisons pas ! Heureusement, notre amour n'est pas aux abois et nous n'en sommes pas encore à nous jeter à la figure des anathèmes peu glorieux. Fais-moi confiance, je t'assure que je n'ai pas la volonté féroce de rester cramponnée au passé, et j'aimerais également que nous nous retrouvions sur des projets que nous réaliserons ensemble. Évidemment, pour moi aussi, celui de fonder une famille est prioritaire.

À mes mots d'apaisement, l'expression de son visage se décrispe. Il prend ma main, la porte à sa bouche et la baise de ses lèvres humides. Après un moment de silence, la crainte d'un sombre scénario s'éloignant, je poursuis sans agressivité, lui caressant la joue :

— Tu ferais, mon chéri, un bon avocat. Ton plaidoyer a été très convaincant et j'y souscris sans réserve.

Refusant d'envisager un destin pessimiste, sans gloire pour notre vie de couple, sa proposition d'un délai de six mois qu'il m'a adressée tout à l'heure en forme d'injonction résonne en moi comme un électrochoc. Je lui promets qu'à l'échéance du mois de décembre prochain, d'une façon ou d'une autre, tout redeviendra clair entre nous.

Complètement apaisé, et comme souvent, en décalage dans les moments les plus inattendus, il retrouve sa verve poétique :

— Alors, ma Belle, pour la suite de notre histoire, chaussons des lunettes roses, elles nous aideront à raviver la flamme vacillante et vagabonde de la passion amoureuse, déclare-t-il dans un souffle onirique, le regard brillant de malice, en me serrant tendrement dans ses bras.

Que cela me plaît et tant je l'aime pour ça !

IV

Le journal autobiographique de G.H.

« L'avenir, fantôme aux mains vides, qui promet tout et qui n'a rien ».

Victor Hugo

1

À peine neuf heures.

Comme la plupart des samedis matin, négligeant la grasse matinée, sauf quand les conditions météorologiques sont exécrables et dissuadent un joggeur, même le plus acharné, à mettre le nez et un pied dehors, Jérôme part courir. Parfois je l'accompagne, mais après le retour de manivelle d'hier soir asséné par surprise, qui a endolori mon tendre et fidèle sentiment que j'éprouve pour lui, ce matin, je préfère profiter de ses deux heures d'absence pour lire le manuscrit de G.H. *: ainsi j'éviterai d'ajouter de l'huile sur la braise, la situation est déjà si délicate, je ne souhaite pas la compliquer davantage et... la noircir,* pensé-je avec un sourire, à l'évocation « des lunettes roses » de Jérôme.

En préambule, d'emblée dans les premières lignes, G.H. prévient qu'il se livrera sans langue de bois, et qu'au temps des cheveux argentés, il possède comme tout un chacun, un droit d'inventaire sur son parcours de vie. Il pressent être dans le bon timing et la bonne dizaine pour l'exercer.

Novice en matière de biographie, dès le premier paragraphe, je suis gênée de m'introduire et de m'aventurer ainsi dans sa vie. À sa demande certes, je vais m'approprier les événements les plus secrets et intimes de son existence. N'empêche, cela m'intimide et je trouve cette situation dérangeante.

Son journal autobiographique paraît parfaitement ordonné, d'une écriture limpide, sans complaisance, sincère, me semble-t-il. En chapitres courts, assemblés avec logique, il parle de son vécu et d'un temps, celui du vingtième siècle, que j'ai à peine connu. Derrière les mots, dignes, sans emphase, le ton parfois léger, sa vulnérabilité transparaît face aux épreuves de la vie et à ses ondes de choc, mais aussi son acharnement à lutter.

Gosse des cités de la banlieue ouvrière lyonnaise, il ne cache rien de ses origines sociales défavorisées. Avec un père chroniquement alcoolique, et une mère qui avait la peur au ventre et tentait courageusement de protéger ses deux enfants – Georges avait une sœur cadette –, je comprends sans trop d'efforts intellectuels l'univers de vulgarité, d'ignorance, de brutalité, dans lequel son enfance se déroula :

«… aucun enfant, ne peut sortir indemne de la matrice de la misère. Pour beaucoup, à l'adolescence c'est le naufrage dans la boue infâme de la société. De cette tribu miséreuse, il est si difficile de sortir ! Alors, énormément sombrent dans l'eau boueuse et s'y noient comme des guerriers sans gloire… », sans sombrer dans le piège du mélo et des larmes pleurnichardes, cette phrase émouvante m'interpelle. Par la suite, j'apprécie la retenue et le sang-froid de son récit me donnant une irrésistible envie de poursuivre ma lecture.

En résumé, pour lui et sa sœur, l'adolescence fut imprégnée d'une encre noire indélébile, avec au comble du drame la mort de leur mère. Ne supportant plus l'ivrognerie de son mari et la honte sociale qu'elle provoquait, un soir, elle se défenestra sous le regard affolé de ses deux enfants. Dans le cœur de G.H. et à ses yeux, sa mère était une sainte :

« … comme beaucoup, bien sûr, je ne sais pas si Dieu existe. En revanche je sais que le diable est présent sur Terre, maman l'a rencontré. Il la fit tant souffrir et la poussa effroyablement à la mort », affirmait-il dans son écrit.

Cet horrible traumatisme sonna le glas de l'adolescence passive de Georges. Il engendra un profond sentiment de révolte envers son entourage et de haine envers son père, responsable du suicide de sa « pauvre maman ». Il se promit de la venger. Sans formuler dans son texte la moindre explication sur cette volonté de représailles, c'est la mort en prison de ce père méprisable, quelques années plus tard, qui permit à sa hargne envers son milieu de s'apaiser, et de retrouver au fil du temps une paix intérieure.

Mais la douleur et le sombre de cette période avaient réveillé en lui, malgré son jeune âge, une agressivité obstinée contre l'ordre établi et le système injuste qui oppriment sans vergogne les pauvres.

Il était à l'orée de sa seizième année, et à compter de cette prise de conscience il n'eut qu'un seul but : grandir pour lutter farouchement, et sortir de la misère et de sa cruauté, mais sans renier ses idées ni sa classe sociale. Au cimetière, que de fois il fit serment sur la tombe de sa mère, en sa mémoire, d'occuper le devant de la scène, pour lui offrir une revanche posthume et que dans l'au-delà elle oublie la honte !

Sans rentrer dans le détail – sans doute pour ménager le suspense et créer le besoin de le rencontrer à nouveau –, avec une étonnante agilité d'esprit, il synthétise les principales étapes qui lui ont permis de réaliser son dessein.

Avocat, spécialiste en droit de la famille, en respect pour sa mère morte en martyre et pour son enfance douloureuse, il s'est investi essentiellement dans la défense des femmes et de leurs enfants victimes de violences conjugales. Quand il plaidait, son vécu affligeant et les tares paternelles le transcendaient ; la vision de sa mère qui se jetait du troisième étage l'alimentait en arguments convaincants, lui donnant l'énergie nécessaire pour terrasser la partie adverse. Il devint un redoutable et éminent avocat du barreau de Lyon.

En quelques années, il troqua la précarité de son enfance contre une vie de confort et de grande aisance financière. Dans un même élan, réussite professionnelle et bonheur familial le comblèrent. Mais peu à peu, comme une addiction, le conformisme bourgeois, les conventions sociales le contaminèrent, anesthésiant son idéal, lui imposant des postures compromettantes pour qu'il s'adapte aux circonstances. Si son épouse moins vindicative, élevée dans un cercle familial tranquille et aisé, assistante sociale dans une importante commune de l'Est lyonnais, composait le moins servilement possible avec les compromissions administratives dans l'intérêt des dossiers parfois délicats qu'elle gérait, lui, en référence à son passé de gosse des cités, les acceptait de moins en moins, sa rébellion juvénile reprenant le dessus.

Quand il estima qu'il ne pouvait plus vivre muselé, avec l'appât du gain en suprême motivation, il prit ses distances avec son milieu d'affaires. Il changea de cap afin de retrouver le sens de sa vie et sa véritable identité, mais des vents contraires se levèrent et mirent l'harmonie de son couple en danger ; celle-ci se fêla comme une fragile coquille et se brisa par la suite sur un écueil plus gros que les autres.

Sa narration est émaillée d'un brin de philosophie, finalement assez proche de la mienne, notamment quand il conceptualise sa pensée sur la maîtrise aléatoire de notre destinée que les circonstances de la vie associées à la fatalité semblent contrôler :

« … quelle est la part du sort, heureux ou malheureux, qui frappe un jour sans avertissement à la porte de notre destin ? Comment la pensée humaine peut-elle éviter de toujours se soumettre à la volonté collective, avilissante, destructrice ? Comment faire sauter toutes les barrières morales, se soustraire aux pressions sociales de toutes sortes, qui nous interdisent de dire la vérité ? »

Une phrase me fait particulièrement vibrer :

« … à perdre haleine, dans ce monde matérialiste sans foi ni loi, j'avais l'impression d'y perdre ma vie, elle s'engluait dans mes renoncements. Je pensais que rien ne pouvait se mettre en travers du chemin du faux-semblant, du mensonge, du reniement. Par la suite, j'ai réalisé que seule la franchise avec moi-même me permettrait de décadenasser mon esprit, de sortir de ce chemin malsain et si tortueux, de trouver en moi une sorte de sentier pastoral loin de toutes les tentations avilissantes et méprisables ; à défaut je perdrais mon âme. »

Elle me rappelait tellement les mots de papi, quand, lors de nos retrouvailles, il me parla avec émotion, en forme de mea culpa, de son exil volontaire de plus de dix-sept ans :

« … malgré la présence affective de mon épouse et de mon jeune fils Ludovic, cette fuite pathétique loin de vous et de mes responsabilités, chaque jour perdait de son sens et pesait davantage sur ma conscience. Peu à peu s'effilochait le fil de ma vie d'avant, mais concomitamment mon cœur se boursouflait de remords. C'est le chemin de la vérité qui me permit d'éviter l'issue du néant fatal et de sauver mon âme. »

Quelques minutes après la fin de ma lecture, qui se termine par un court chapitre résumant son choix de vivre en solitaire à Saint-Racho, Jérôme arrive de son jogging, et me surprend en méditation : tête en arrière, paupières baissées, dans un des fauteuils de l'appartement. À son visage livide, à son corps transpirant à grosses gouttes, à son regard dépité, je devine qu'il est allé au bout de lui-même ; ses premières paroles confirment cette impression :

— Tu as eu raison de ne pas m'avoir accompagné. Avec cette chaleur moite, on se croirait dans un pays d'Amérique du Sud, en plein climat tropical. Faut être un brin *maso* pour courir dans ces conditions !

— Va prendre un bon bain parfumé et je te prépare un grand bol de « Banania » avec des tartines au miel… et après, tu ne bouges plus !

Il apprécie la boisson chocolatée, mais il fait la fine bouche à mes tartines au miel, il préfère croquer une pomme. Avec le front qui se plisse et les sourcils qui suivent le mouvement, il me demande si j'ai fini de lire le manuscrit de Georges Huasse.

— Oui, mon Jérôme, il m'a fallu un peu plus d'une heure trente pour lire sa prose. Je t'assure, son histoire est d'une intensité incroyable avec des épisodes bouleversants. Je l'ai suivi sur son chemin de vie avec une curiosité grandissante au fil des chapitres. Malgré ton *a priori* que je respecte, j'aimerais que tu le lises aussi. Je pense que tu seras surpris par la finesse de son écriture et son récit qui nous ramène un demi-siècle en arrière, son côté rétro va te plaire, j'en suis certaine.

Une brillance dans les yeux, le sourire amusé, il s'assoit à mon côté, pose sa tête sur mon épaule en affirmant qu'il suivra mon conseil :

— Je ne bougerai pas cet après-midi ; sagement sur le canapé, je vais suivre G.H. dans ses aventures trépidantes.

Ces mots dits d'une voix conciliante me séduisent et me persuadent qu'ils mettent un point final à notre brouille d'hier soir.

En milieu d'après-midi, les traces physiques de son footing matinal en grande partie effacées, avec tact il me donne son verdict. Son ressenti est assez proche du mien, ce qui à vrai dire, ne me surprend pas vraiment :

— Je dois admettre que sur ce bonhomme et son épopée, tu as raison. Elle m'a pris aux tripes à plusieurs reprises. S'il a porté sa croix durant l'enfance, quel courage par la suite pour sortir de son milieu de misère et faire sa place au soleil ! Bien sûr, il ne raconte pas tout, son récit de quelques feuillets n'est qu'une ébauche de sa vie et il sait ménager le suspense, par exemple en nous laissant sur notre faim quand il parle de sa brève aventure amoureuse de quelques jours dans les montagnes du Queyras avec la bergère Marie-Anne, d'ailleurs originaire d'Orléans. Son extrême sensibilité m'a touché.

— Je suis très heureuse mon Jérôme, de ta réaction positive. Quant à cette histoire d'amour, tant improbable, à deux mille mètres d'altitude, racontée en quelques lignes dans un paragraphe, moi aussi, elle m'a intriguée. Elle paraît tellement surréaliste ; j'espère que G.H. n'a pas fabulé.

— Eh bien, pour le savoir, tu sais ce qu'il te reste à faire ! Il t'accorde sa confiance, alors, pour connaître la véracité de cette aventure sentimentale, et en découvrir peut-être d'autres, à toi de jouer ! Je te rappelle notre deal de six mois, pour ensuite ne plus penser qu'à nous deux.

Ainsi, me dis-je, malgré mon inexpérience à rédiger une biographie, le sort en est jeté !

— Chiche ! Alors dès lundi, je contacterai l'ermite de Saint-Racho pour lui fixer les conditions de notre collaboration et pour qu'il tombe le masque ; à prendre ou à laisser !

En cet instant, une espèce d'allégresse m'irrigue intérieurement. Le cœur en flammes et reconnaissant, je me blottis câlinement entre les bras de Jérôme qui m'enserre. Ses lèvres humides baisent mon cou et me donnent la chair de poule… Et puis, mon appétit d'amour, de jouissance, mes sens émoustillés apprécient son corps en désir, qui me prouve qu'il a totalement récupéré de sa fatigue matinale… et là, en oubli de l'ermite de Saint-Racho et de sa bergère du Queyras, nous nous aimons.

Comme par magie, dans le même temps à Paris, Georges dans sa chambre d'hôtel se demande quel phénomène surnaturel peut le pousser vers Méline. La force insolite de ces ondes extrasensorielles sans références ni connexion avec la vie réelle le stimule, le perturbe aussi. En effet, une pensée revêche l'amène à se demander si c'est une bonne idée de vouloir en faire sa confidente, même s'il ne doute pas du talent de son verbe.

Cette biographie, telle une thérapie, est si vitale pour lui.

Comme en rédemption sur les flancs de la montagne de Dun – son purgatoire à lui –, il cherche une délivrance pour sa conscience. Aussi, Méline aura-t-elle les épaules assez solides pour entendre et transcrire fidèlement tous les traumatismes qu'il a subis, toutes les vilenies qu'il commit sciemment et les obstacles qu'il a obstinément écartés de sa route – parfois abattus brutalement ?

A-t-il le droit d'embarquer une jeune auteure dans son histoire familiale marquée d'un sentiment de honte, vécue sous le joug de la stigmatisation sociale, et qu'il porte encore certains jours comme un fardeau ?

Comment pourrait-elle partager son exigence de vérité ressemblant à une expiation, et comprendre ce testament qu'il souhaite laisser à son fils trentenaire qui vit dans la capitale à proximité de sa mère, avec laquelle il est séparé de corps ?

Mais surtout, en dehors de ce conflit intérieur, il craint le jugement de Méline : jeune femme dont il se sent mystérieusement tellement proche, et pourtant si éloigné d'elle, tant en distance qu'en âge.

DEUXIÈME PARTIE

Une histoire peut en masquer une autre

Des mots résistants qui vont à contre-courant, à l'abordage de la bien-pensance et des modes imbéciles, refusant la soumission aux élites et au pouvoir. Dans la dignité, ils respectent le bon sens ; avec persistance et lucidité nous aident à exister au-delà du tapage médiatique, des fausses vérités, dans la liberté de penser, de dire, de caricaturer.

I

Éloge de la solitude

« Tu peux, à l'heure que tu veux, te retirer en toi-même. Nulle retraite n'est plus tranquille ni moins troublée pour l'Homme que celle qu'il trouve en son âme ».

Marc Aurèle

1

En ce début de semaine, je contacte G.H., certaine qu'il sera ravi de ma réponse.

— Bonjour, Georges. Comme je vous l'ai promis, j'ai lu votre projet de biographie. Vous connaissez mon incompétence en la matière, je ne possède ni les automatismes ni l'expérience d'une biographe, mais j'ai ressenti beaucoup de sincérité dans votre écrit et j'ai compris qu'il s'agissait pour vous d'une thérapie. Je ne vous cacherai pas, mais vous le savez déjà puisque vous avez lu mon premier roman, que moi-même je suis très sensible aux bienfaits de l'écriture et au pouvoir thérapeutique de la nature. Alors, pour cette raison et parce que votre récit m'a souvent intriguée, je vous donne mon accord pour vous aider à écrire l'histoire de votre vie, aux conditions que nous fixerons et en respect de mon calendrier.

Mais lui, comme un moine retiré dans un monastère, en dialogue avec sa petite voix sur les hauteurs de la montagne de Dun, rumine encore son doute d'embarquer Méline dans son aventure personnelle si tumultueuse ; au point que ce doute l'a conduit à souhaiter qu'elle décline sa proposition.

Lucide, sans l'obsession de se projeter dans le futur, voulant régler ses comptes avec le passé, qui est-il ? Sinon un « vieux sauvage solitaire » se contentant dorénavant des choses simples qu'offre le présent, et qui prend sa ration d'optimisme dans le silence de l'endroit, en observant la vitalité et la beauté de la nature. Aussi, ce lundi à l'heure du déjeuner – trois jours après leur rencontre dans un restaurant d'Orléans – il fut pris de court quand sonna son smartphone et s'afficha la référence téléphonique de Méline :

— Ah ! mais quelle surprise ! J'ai pensé à vous de nombreuses fois durant ce week-end. Franchement, avec tant de doute sur le bien-fondé de ma proposition que j'en suis arrivé à souhaiter que vous la refuseriez. Alors, bien sûr, si je suis heureux que vous acceptiez d'être ma confidente le temps de finaliser mon projet, j'ai également quelques scrupules.

Évidemment, sa réserve et son doute exprimé me laissent dubitative. Je regrette presque de lui avoir répondu si tôt. Candide, j'aurais aimé qu'il déclarât à la manière décalée de mon chéri : « *c'est Noël avant la saison et j'apprécie le beau cadeau que vous déposez au pied de mon sapin...* » – en l'occurrence au pied de « *mon douglas* », pour être en harmonie avec les forêts de la Bourgogne du Sud, puisque c'est ce résineux qui y domine.

À son manque d'enthousiasme, j'essaie de camoufler ma déception en jouant le détachement :

— Il n'y a pas urgence à mettre en place cette thérapie littéraire. Au cours de vos prochaines balades en solitaire sur les sentiers des collines boisées du Brionnais ou autour du lac de La Clayette, réfléchissez-y !

— Finalement, vous avez raison à vouloir me pousser à aller de l'avant. J'ai assez cogité. Je suis prêt à tout vous dire – enfin l'essentiel. Alors, Méline, quand devenez-vous ma thérapeute ?

Malgré ses paroles rassurantes, sa voix au ton voilé demeure hésitante, sans énergie. Puis il poursuit avec ce surprenant questionnement comme s'il avait deviné les états d'âme de Jérôme, et assisté l'autre soir à notre échange animé d'arguments et de contre-pieds :

— Et votre compagnon, qu'en pense-t-il ? Me juge-t-il comme un intrus qui vient forcer et s'imposer dans votre vie privée ?

— C'est vrai, il trouve que c'est présomptueux de ma part et que je me disperse trop. Mais il connaît assez bien mon tempérament : je dois foncer pour me sentir bien, alors nous trouvons à chaque fois un compromis, lui dis-je, sans faire la sourde oreille à son interrogation pertinente contenant un fond de vérité.

Avec un brin de philosophie, son propos retrouve du punch en avançant cette idée que chacun a *son* Everest. Lui, il arrive proche du sommet, l'étape finale précise-t-il, « *... sera la transcription par votre verve littéraire, de ma vérité sur quelques feuilles blanches et je souhaite le franchir en votre compagnie* ».

Il conclut ce bref chapitre philosophique avec cette interrogation :

— Après ce but atteint, que me restera-t-il à réaliser ? Une fois au sommet, aimerais-je qu'il soit encore possible de monter… et pour atteindre quoi ? Les arbres montent-ils jusqu'au ciel ?

Cette pensée exprimée confirme ce que j'ai ressenti dans les pages qu'il m'a demandé de lire en préambule. Le personnage est complexe, de manière symptomatique il semble revenu de tout : des balivernes de l'amour, des illusions de la vie, des joies éphémères, des crises de nostalgie qui déboussolent, de l'appât du gain qu'il méprise dorénavant… Et pourtant, comme il l'a proclamé, malgré son âge a-t-il vraiment tout saisi de la vie : son sens ou son absurdité, la raison des méfaits qu'elle assène et des bienfaits qu'elle prodigue ? Une existence ne se construit-elle que sur des promesses et un tas de sable ?

À cause de son passé tourmenté, le doute profond qui l'imprime, et qu'il extériorise avec un accent prononcé de misanthropie, est-il devenu au fil du temps sa marque de fabrique spirituelle ? Pour moi, dorénavant cette question semble essentielle.

Nous convenons de communiquer dans les prochains jours par Internet afin d'établir un planning de travail et prévoir deux ou trois rencontres indispensables afin d'échanger nos impressions et vérifier que nous sommes tous les deux sur la même longueur d'onde et dans le même tempo.

La première entrevue devrait avoir lieu à la fin de ce mois de juillet : Jérôme et moi serons en vacances.

À la fin de notre séjour de trois semaines dans le sud des Cévennes, lorsque nous remonterons dans le Loiret nous ferons une étape dans le Brionnais, à Saint-Racho.

G.H. propose de nous héberger :

— Une entorse à mon style vie, radicalement solitaire, mais rassurez-vous, le gîte est confortable et l'hôte n'est pas un ours si sauvage que ça ni un loup sanguinaire, s'amuse-t-il.

En fin de conversation, pourquoi faut-il que je lui parle de ma quête si pressante pour retrouver la trace de ma mère biologique ? Peut-être, parce que ce sort d'enfant née de X, un sortilège qui me secoue par saccades intermittentes, je l'accepte de moins en moins, et que ce voile obscur posé sur ma destinée dès ma naissance, qui crée en moi une défiance envers la vie, obstrue mon avenir. Je désire l'arracher d'une main vengeresse tant il me fait souffrir psychiquement, et, étrangement j'ai confiance en cet homme, même sans grande connaissance de sa personne.

Alors je lui confesse que je serai enfin guérie de cette malédiction qui m'accable, lorsque ce lourd et sombre rideau virtuel qui se dresse devant moi comme une monstrueuse muraille aura été pulvérisé par la lumière de la vérité, à défaut de l'être par l'amour de la femme qui m'a enfantée. Je lui avoue aussi qu'après cette étape, *mon* Everest à moi sera de retrouver l'homme – mon père biologique – qui l'a mise enceinte.

Sans m'interrompre, il écoute mon épanchement de quelques dizaines de secondes, et quand il estime que mon douloureux abandon verbal est terminé, il m'affirme :

— Je vous assure que je comprends cette souffrance morale qui vous aliène et ce besoin de chercher vos origines et de vous confier. Quand nous aurons avancé dans l'écriture de mon histoire, vous saurez qu'en vous disant cela aujourd'hui, je ne mens pas, que ma compassion est sincère et que la question de l'abandon d'un enfant ou de la rupture avec une personne chère est entre nous un lien commun.

Au fond de moi, je soupçonne que ce sous-entendu doit faire référence à la brève aventure amoureuse qu'il a vécue, comme une offrande, avec Marie-Anne la jeune bergère du Queyras qu'il évoque en quelques phrases dans son écrit, sans préciser toutefois la raison de leur rupture. Mais ce fut un coup de foudre si intense, « *à la ressemblance d'un orage d'altitude brutal, aveuglant, incendiaire, ravageant tout sur son passage et dans mon cœur, rendant l'oubli d'elle impossible* » – dans son récit ce sont ses mots –, qu'il n'en sortit pas indemne.

Georges, une fois son smartphone redevenu sans voix et le doute en grande partie dissipé, pense que grâce à un phénomène surnaturel qui a fait vibrer la corde ultrasensible qui le relie à Méline et le poussa à accepter de se confier à elle, il vient modestement de remporter une victoire, mais une des plus captivantes et improbables de son existence.

Par honte de son passé, et aussi par refus de cracher son venin sur sa famille, il se sent incapable, malgré parfois une forte tentation, de raconter son journal intime à son fils. Mais après tout, mérite-t-il d'être raconté ?

Bien entendu, cela serait légitime que ce soit sa progéniture qui noircisse la blancheur du papier des péripéties douces, amoureuses ou furieuses de sa vie, remontant en amont jusqu'à son enfance. Mais son passé comporte trop d'empreintes sales, indélébiles, certaines aux éclaboussures de sang. Alors, il considère qu'un tel héritage en forme de confession au goût souvent acide doit être recueilli par une tierce oreille ; et avec un je-ne-sais-quoi d'irrationnel, celle de Méline lui inspire confiance.

Elle sera comme une liane entre son passé et le présent, entre les mondanités hypocrites d'avant et sa solitude d'aujourd'hui, entre le mensonge et la vérité.

2

Nous arrivons en milieu d'après-midi à Saint-Racho. Sans surprise, la présence humaine est rare. C'est par des chants d'oiseaux nous souhaitant la bienvenue, sortant inopinément du feuillage frissonnant des arbres que nous sommes accueillis. Dans ce cadre de verdure entouré de silence, la nature au décor sans artifices, ni goudron, ni béton, ni fumées, paraît si hospitalière ! nous venons peupler ce silence et nous craignons de l'importuner.

Tout est si calme dans ce havre de paix préservé, quadrillé de forêts au vert persistant, aux odeurs entêtantes du genêt, de la flore montagnarde et de la résine. De larges trouées dans les feuillages permettent d'admirer l'autre versant de la vallée, moins sauvage, moins propice à la solitude.

Quelle beauté, ce décor végétal si bien ordonné qui semble donner un sens au moindre bruit ou mouvement, et une réponse au sempiternel mystère du milieu naturel, réponse immuable de la nature à tous ceux qui l'instrumentalisent et veulent la détruire. Ainsi ne se moque-t-elle pas de leurs manigances, de leur mercantilisme, car essence de la vie, elle sait que c'est elle qui dispose à l'infini du futur de l'humanité et qu'elle aura toujours le dernier mot ?

Avidement, car il est dans son élément et dans sa vision poétique du monde, Jérôme respire cette quiétude à pleins neurones. La plongée dans le bain tonique de lumière verte de cette montagne de Dun le réjouit, et c'est vrai qu'ici, même moi, à peine installée elle me transcende. Pour preuve, je n'éprouve aucun besoin d'un froncement de sourcils pour réfléchir ou m'interroger sur le moindre brin de rien.

— Quelle paix ! D'une baguette magique se sont envolés et dissipés les cruels tourments de la vie et les questions métaphysiques sans réponse, profitons-en, ma chérie, me souffle-t-il.

En quelques minutes, G.H. nous fait visiter son confortable domaine : une maison en style typiquement brionnais, la rénovation assez récente valorise l'extérieur en pierre du pays, les pièces à vivre se trouvent en rez-de-chaussée et les combles à l'étage restent à aménager. Une large parcelle de pré jouxte l'habitation, son herbe grasse fait le bonheur des trois vaches charolaises d'un fermier voisin en charge de l'entretien du terrain et des haies.

En abrégé, nous apprenons que Georges en devint l'unique propriétaire à la succession de ses grands-parents maternels, il y a une quinzaine d'années. Avec un clin d'œil et un sourire complice, il me dit que dans quelques heures j'en saurai plus sur l'importance pour lui de cet endroit isolé, et sur son influence quant à sa destinée.

Il nous offre un rafraîchissement à l'ombre d'un vénérable châtaignier.

Nous nous situons en moyenne montagne, à une altitude de l'ordre de cinq cents mètres, et je marque ma surprise au constat d'un ciel aussi bleu que celui du sud des Cévennes que nous avons quitté en fin de matinée, et des 28°C qu'affichent le thermomètre.

— L'été est en effet resplendissant. C'est coutumier depuis déjà quelques années et avec des périodes de sécheresse, même dans cette région, qui perturbent beaucoup les éleveurs. Mais attention, dans deux heures attendez-vous à un changement radical d'ambiance. Avec le soleil qui se réfugie derrière les collines qui sont à votre opposé, la température baisse brutalement d'une dizaine de degrés. Vos épaules réclameront un chandail, je vous le garantis ! En cette saison à vingt heures la nuit envahit déjà cet espace montagnard, et les matins sont très frais, me répond-il.

— Ce n'est pas plus mal. Ces conditions climatiques sont sans doute un avantage, en dissuadant les touristes de venir en grand nombre, elles permettent de préserver la tranquillité de l'endroit, lui fait remarquer Jérôme.

— Vous avez raison, ceux qui viennent visiter la région le font en connaissance de cause. Ils ont le respect du cadre verdoyant et ils sont pain bénit pour les campings de La Clayette et de Matour ou pour les gîtes ruraux qui se développent dans le secteur, précise Georges pour conclure.

Peu à peu au cours de nos échanges, la sensation de saut dans l'inconnu qui m'avait assaillie en arrivant ici tout à l'heure s'estompe. Je réalise que la transcription loyale du vécu d'une personne sur feuilles de papier nécessite une rencontre avec elle dans son cadre de vie habituel. Cela permet de saisir des anecdotes et des détails, à première vue insignifiants, mais qui alimenteront l'imaginaire du biographe et l'aideront avec une touche d'humour ou d'originalité à la mise en valeur de l'histoire, en la gratifiant de l'indispensable crédibilité. Avantage du réel sur le virtuel !

Je ne regrette pas ce détour par Saint-Racho où il se confirme que l'ermite qui y vit, s'il extériorise parfois une certaine mauvaise humeur semblable à celle d'un ours solitaire, est loin de la sauvagerie du fauve. La misanthropie qu'il brandit, qu'il érige en vertu, ressemble plutôt à une mystification dont il se pare comme d'un bouclier en défense ; mais foin de ce masque, alors, que cherche-t-il à protéger ? Consciemment ou pas, une biographie s'apparente à un demi-tour et à un retour sur soi. Serait-elle pour lui une réconciliation avec son passé ? Quelles révélations me réserve-t-il ? Mon intuition féminine pressent que je repartirai de l'endroit ma besace bien garnie en surprises, d'ailleurs c'est ce que son court manuscrit à la trajectoire thérapeutique m'a laissé entrevoir.

Singulièrement, c'est lui qui s'intéresse à moi.

Avec tact, par des questions ciblées mais furtives, sans donner l'impression de *fourrer* son nez curieux dans ma vie, sur la pointe des pieds il me force à me livrer. Ce désir exprimé de me connaître m'intrigue, telle n'était pas la règle du jeu. Cette inversion des rôles me déconcerte. Il s'en rend compte :

— Pardonnez-moi, Méline, cette intrusion dans votre vie privée. Mais par votre premier roman publié, je sais déjà certaines choses sur votre jeune vie qui m'ont bouleversé et je reste sur ma faim, par exemple sur la seconde vie de votre papi, après sa résurrection rocambolesque. A-t-il au demeurant, entrepris sa quête, afin de retrouver la trace de sa famille biologique ? Mais bien sûr, vous n'êtes pas venue ici pour satisfaire ma curiosité. J'ai pensé que nous pourrions commencer demain matin à bâtir le schéma de ma biographie. Ce soir je vous laisse quartier libre avec Jérôme. Si vous souhaitez goûter la cuisine charolaise, je peux vous indiquer une excellente adresse à La Clayette.

Il nous incite aussi par un commentaire digne d'un guide touristique à faire un détour par la Chapelle romane de Dun ; au sommet de la colline, c'est la vigie de la commune de Saint Racho et le lieu s'avère incontournable d'après lui. Elle surplombe la vallée du Sornin et de là on peut admirer sur le versant sud-ouest le spectaculaire viaduc de Mussy-sous-Dun à l'architecture impressionnante composée de dix-huit arches, d'une longueur de 561 mètres, nous appâte-t-il. Georges nous confie que parfois, il vient se recueillir dans cette Chapelle du douzième siècle. Hélas, pour l'instant son vœu le plus cher ne s'est pas réalisé. Sur cette énigme nous n'en saurons pas plus. Demain peut-être...

— Bien volontiers, Georges, pour nous rendre à La Clayette. Quant à votre intérêt pour ma personne, s'il me flatte, en effet il n'est pas compris dans notre contrat ! Mais je comprends qu'un lecteur ait envie de connaître le degré de sincérité d'une auteure, et l'origine de son inspiration, surtout quand l'intrigue l'a secoué.

— C'est en partie vrai, ma chère Méline, cependant j'ai la certitude que les êtres sont soumis à des étrangetés irrationnelles, comme dans un cercle infernal, avec un cordon cognitif qui les relie entre eux. Par exemple, je crois de bonne foi que ma mère, morte tragiquement à mes quinze ans, depuis sa sainte étoile veille sur moi et guide mes pas. Ainsi, notre rencontre n'a-t-elle pas été programmée par une main mystérieuse ?

— Une main mystérieuse !!! Votre interrogation m'interpelle. J'espère qu'il n'y a pas de fantômes chez vous... ou d'esprit malin pour nous envoûter, et que demain matin cette main ne nous aura pas emportés dans l'au-delà, lui donnè-je en réponse et en référence à notre déjeuner au restaurant *Le Gone* à Orléans, sourire de connivence en prime.

À la fin de ce discours pour le moins déconnecté de ma présence ici, dont l'objet devait porter sur des choses concrètes plutôt qu'irrationnelles, je pose discrètement ma main sur le bras de Jérôme pour lui signifier de se taire. Je sais qu'il est également sensible à la thèse du paranormal et que sa réponse prête à sortir du bord de ses lèvres risque de nous entraîner dans une impasse métaphysique et philosophique. En cette fin d'après-midi, je préfère me prélasser sous l'air champêtre et le brûlant soleil brionnais, me laisser caresser généreusement par la lumière, et éviter de me triturer les méninges avec toutes les questions relatives aux croyances inexpliquées remontant à la nuit des temps et sans doute inexplicables pour longtemps encore.

Après leur départ pour La Clayette, Georges se demande encore une fois d'où vient ce phénomène impulsif échappant à tout raisonnement scientifique et au réel, qu'il a ressenti si fortement tout à l'heure pour cette jeune femme en face de lui, qui lui rappelle de plus en plus son amour éphémère, éperdu, mais si insondable, pour la ravissante bergère du Queyras.

Et dans la clarté déclinante de ce beau jour d'été, si sa peau frémit, ce n'est pas la conséquence de l'air plus frisquet qui descend des hauteurs, non ! C'est le plaisir de leur présence qui provoque ces frissons. En cette fin d'après-midi lui paraissent si loin les journées solitaires à la mélancolie qui vient à pas de loup enlacer son espace et s'approprier ses pensées. S'il avait osé, tout à l'heure il les aurait pris dans ses bras afin de leur exprimer sa reconnaissance ; il est animé d'une telle envie d'être le plus proche possible d'eux !

3

Il est neuf heures du matin ce dimanche, et mon épiderme tremblant se fait l'écho de la mise en garde de Georges prononcée la veille sur la fraîcheur matinale qui domine sur ce site, même au plus chaud de l'été, jusqu'en milieu de matinée. J'apprécie la robe de chambre en velours qu'il me propose.

Après le petit-déjeuner et un bref commentaire sur notre agréable soirée à La Clayette, afin de nous laisser en tête à tête – je suis en effet là pour travailler –, mon chéri décide de faire fi d'un soleil encore peu ardent. Astucieusement il en profite pour partir en balade sur un des sentiers de randonnée avoisinant la propriété.

Quelques minutes plus tard, après avoir rendu à G.H. sa robe de chambre et m'être affublée de la tenue *d'exploratrice de sa conscience* – selon ses dires –, je suis prête pour ma mission :

— Je vous en prie, Méline, prenez place ici dans ce fauteuil en face de moi, je suis à visage découvert et j'invite l'exploratrice de ma conscience à recueillir maintenant ma confession. Quand tout à l'heure le soleil sera plus généreux en chaleur, nous irons nous installer comme hier après-midi sous le châtaignier…, en image du bon Roi Saint Louis sous son chêne, n'est-ce pas !

— Oh, oh… J'adhère à cette ironie, elle est salutaire. Ne pas se prendre au sérieux est, je crois, un gage de sensibilité et de réalisme face à notre vulnérabilité et à tout ce qui nous dépasse. Mais je ne suis qu'une novice, ni biographe, ni psychologue, ni juge, et je compte sur votre compréhension pour mes éventuelles hésitations ou pour la naïveté de mes questions. Alors pour commencer, parlez-moi de votre enfance !

— Première question logique. Dans ma brève narration écrite en votre possession, je l'évoque, certes succinctement. Ce matin, je vais vous livrer la version presque intégrale et vous donner ma vision du fameux adage qui proclame que « ventre affamé n'a pas d'oreilles ». Universellement, il est bien connu que la faim étouffe la raison parce que la misère pousse le pauvre à troquer la moralité et l'honnêteté contre un morceau de pain.

Fébrile mais encouragée par son étrange confiance à mon égard, le bloc de papier et le crayon mine dans les mains, je suis dans l'attente du signal de départ qui m'autoriserait à noircir la première feuille blanche. Il me prévient :

— Je veux me libérer de mon passé, sans détour, en sachant le risque que je prends, et dire la vérité à vous que je connais très peu, mais que la Providence a mise sur ma route. Vous, qui me rappelez tant Marie-Anne. Si la situation dans laquelle je suis aujourd'hui face à vous semble plutôt étrange et ressemble à une coquinerie du destin, c'est sans doute aussi une chance que je dois saisir. Se sont produits dans mon enfance et dans ma vie par la suite, des événements insupportables, croyez-moi, j'en porte encore le traumatisme. Si je suis décidé à vous les dire, en revanche, je garde le droit de censurer ceux qui ne méritent pas d'être exposés sur la place publique, car trop personnels, ou ceux qui sont à tout jamais maculés d'une boue nauséabonde.

« Ça commence très fort », pensè-je, scotchée sur le fauteuil face à lui. Puis il enchaîne en parlant de son enfance :

— Quoi que l'on fasse, dans un trou noir qui est en nous se terre l'enfance. Elle reste là, elle attend son heure pour surgir de notre mémoire. Affamée ou comblée, avec ses bonheurs, ses souffrances, son innocence, ses rêves même les plus inatteignables, ses larmes, elle nous habite. Un jour, cet enfant qui est en nous se réveille, il sort du trou, il tend la main à l'adulte perdu. J'ai eu la chance, au plus fort du doute et de ma honte, que ce gamin m'arrache à mes reniements, à mes remords, à mes désillusions… et à moi-même. Il m'a ramené à ma propre vérité et tant pis si cela ravive les souffrances d'antan.

Je bois ses paroles tellement elles me replongent dans ma propre histoire et me rappellent le récit que papi me fit de sa jeunesse. D'ailleurs G.H. m'en fait la remarque à la fin de sa tirade :

— Ces propos, Méline, ne sont en fait que le plagiat du sentiment qu'exprime votre grand-père dans votre roman « *C'est vrai papi que t'es presque vieux* ». Ne prend-il pas comme leitmotiv ce vers extrait de la magnifique chanson de Jean Ferrat « nul ne guérit de son enfance » ? Ce vers résume si bien cette sensation de tout devoir à son passé d'enfant.

Il fait montre d'un vrai talent de conteur, mais il anticipe le compliment que je m'adresse à lui faire, avec autodérision il tranche :

— Et ne me dites pas que je suis un virtuose de la parole, cela me rappellerait trop mon ancienne vie et mon job d'avocat ! Dans mon antre d'ours solitaire, bouclé aux tentations de l'existence, la plupart du temps en mode monologue, sauf parfois quand j'entre en dialogue avec ma petite voix, j'ai eu le temps de ressasser mes ressentiments et de scénariser le plus sincèrement possible le film de ma vie. De tout ça, je suis plus que rassasié !

Et puis, son comportement se modifie sensiblement. Avant de poursuivre, il semble chercher une contenance. Son torse s'affaisse, alors il se cale dans le fauteuil, il inspire profondément, d'une voix au timbre plus feutré, il poursuit :

— Après ces généralités un brin philosophiques – mais vous n'êtes pas venue ici pour une thèse de philo –, il faut maintenant que je vous donne quelques détails sur ma jeunesse et j'avoue que cela n'est pas facile. Cependant je vous assure que tout ce que je vais vous raconter reflète fidèlement mon histoire, au moins en grande partie.

— Mais je n'en doute pas, Georges, et puis encore une fois, ma mission n'est pas de vous juger, lui dis-je pour l'encourager.

— Bien sûr. Comme beaucoup de gens de ma génération nés à l'époque des *Trente Glorieuses,* je suis un gosse des cités, avec la guerre d'Algérie en arrière-plan, et le début du mythe de la société de consommation. Ma mère était femme de ménage à mi-temps dans un restaurant ouvrier, et mon père manœuvre dans une usine de produits chimiques et pharmaceutiques de la banlieue lyonnaise, qui aujourd'hui a été liquidée. Lui, c'était un vrai *gone du ruisseau. S*es parents, analphabètes, alcooliques, avaient la misère charnellement collée à la peau. Mon père a hérité de toutes les tares, de tous les vices réservés aux pauvres…

Avec plus de vigueur dans la voix et le regard qui se durcit, il entonne avec l'éloquence de l'avocat qu'il fut un réquisitoire sans appel, avec des salves meurtrières sur l'univers de la pauvreté et ses pièges, sur l'exploitation de la misère par la bourgeoisie dirigeante. Il venait des bas-fonds de la société, il avait tout fait pour fuir leur laideur : « *quitte à y perdre mon âme* ».

De toute sa verve retrouvée et avec la force de ses convictions, il soutient et défend ceux qui sont maltraités par des conditions sociales indignes :

« … même s'ils arrivent par chance à quitter la *cité de toutes les misères*, leur esprit souillé depuis leur naissance reste à jamais dans le caniveau. Inéluctablement leur futur sera crépusculaire. ».

À preuve le sien, affirme-t-il, qui patauge encore aujourd'hui dans le ruisseau à l'eau trouble de la cité pompeusement baptisée « La Cité des bleuets ».

— La Cité des Bleuets, en référence au pré qui se trouvait à proximité, et abondamment fleuri l'été de coquelicots et de bleuets, est maintenant un centre commercial aux couleurs bleue et rouge. Anecdote cocasse, ne trouvez-vous pas ? En tout cas, elle symbolise l'urbanisation outrancière qui a suivi, avec la disparition des champs de fleurs, qui l'été servaient de lit aux amants et de champs de jeux aux enfants. L'Homme a toujours plus d'exigences et voilà le résultat : le monde se délite et tombe en ruines. Quel délire, dénonce-t-il avec dépit et tant de regret.

Je griffonne quelques mots sur mon bloc de papier, quelques idées ou images qu'il emploie. Lorsqu'il s'aperçoit que je me perds dans sa narration, il marque une brève pause afin que je le rejoigne dans son récit. Je sens son regard qui suit attentivement ma main noircir la page. Parfois il m'adresse un signe de son index droit, signifiant qu'il ne souhaite pas que je retienne la phrase qu'il vient de prononcer. Le parallèle avec une interview que réaliserait une journaliste pour un magazine littéraire me paraît tentant. Pour détendre l'atmosphère, je lui en fais la remarque :

— J'ai l'impression que nous conversons pour mettre en forme un article de presse ; je suis une journaliste débutante et vous, éminent avocat, à la veille d'un procès important, vous vous pliez de bonne grâce à mon inexpérience, et vous me faites confidence d'une partie de votre plaidoyer. D'ailleurs, le journalisme était un des métiers que je visais à la fin de mes études, il était en bonne place sur ma liste.

— Vous savez, Méline, dans ma profession, les journalistes sont généralement peu appréciés. Si certains de mes confrères les utilisaient abusivement, personnellement je m'en méfiais.

Sans transition, avec une authentique émotion, il me parle de sa mère. À l'appui de nombreux détails, il complète le paragraphe sommaire qu'il lui avait consacré dans son écrit.

Ainsi j'apprends qu'elle était originaire de cette montagne de Dun. Ses parents, natifs du Brionnais, ce « joli et agréable bout du monde » entouré de forêts, aux hivers austères. Agriculteurs et éleveurs, âpres au dur labeur paysan, ils vivaient chichement du produit de leur terre. Fille unique, au désespoir de son père, elle n'avait pas la fibre paysanne, les travaux de la terre la rebutaient. Son désir était de tenter sa chance dans l'anonymat d'une grande ville, et se faire une place au soleil, en pensant que si l'ombre existe, il suffisait d'un peu d'énergie et de souffle conquérant pour la faire disparaître. C'était le début de l'exode rural et le mirage du bonheur facile sous des lumières artificielles.

Prononcé souvent avec dédain, le mot « paysan » était devenu pour les médiocres des villes et les mondains une moquerie, et parfois une sorte d'insulte – *quel rustre ce cul-terreux* ! Hélas, le rêve citadin avec en prime l'offrande d'un miroir aux alouettes dans lequel se reflétaient le bonheur et l'assouvissement du culte de l'objet, et qui fit migrer la jeunesse paysanne vers les centres urbains de plus en plus inhumains, programmait en corollaire la mort lente des hameaux campagnards.

Là aussi, dans cette contrée vouée à la simplicité et au travail, fidèle aux croyances religieuses, loyale à la sainte famille, la société de consommation et du loisir pointa inexorablement sa dague venimeuse et transperça le cœur des valeurs ancestrales, jusqu'à les faire disparaître une à une.

À l'âge de dix-neuf ans, un oncle paternel habitant dans un quartier ouvrier d'une ville de l'agglomération Sud de Lyon, invita la mère de Georges à le rejoindre. L'entreprise lyonnaise de produits chimiques au rayonnement international qui le salariait avait lancé un important programme d'embauches. Un emploi sans qualification lui fut proposé. Sans hésitation, elle quitta le Brionnais, la tête pleine d'illusions. Comment pouvait-elle deviner que l'avenir lui réservait un enfer terrestre ? Que la cité au douillet duvet n'était qu'un leurre, au travail avilissant, mal payé, et à la fin de mois difficile ?

— Avant de vous faire pleurer en vous racontant « Les Misérables » en version du vingtième siècle, je vous propose une coupure. Souhaitez-vous un café, un thé, un jus de fruits… et peut-être un mouchoir ? Vous en aurez besoin, plaisante-t-il sans doute pour atténuer le mélo du tableau.

— En effet, souffler un peu n'est pas de refus. S'il reste une tasse de café du petit-déjeuner de ce matin, ça m'ira très bien. Quant au mouchoir, malgré ma sensibilité, j'espère bien m'en passer.

Pendant la pause, comme tout à l'heure l'index droit levé, il m'adresse solennellement cette recommandation :

— Surtout, pardonnez-moi si j'insiste, mais je compte sur vous pour ne pas dramatiser certaines scènes et trop les salir avec du pathos inopportun. Nous allons pénétrer dans les méandres les plus tortueux de l'être humain et dans ce qu'il a de plus sombre au fond de lui. Je ne veux pas que ces épisodes de ma vie, au noir absolu, figurent dans ma biographie. Avec les choses peu glorieuses à venir, vous comprendrez ce propos.

— C'est vous le client. Alors je pose le crayon pour éviter la tentation de confier vos dires à la page blanche. Et puis, comme vous me l'avez fait observer tout à l'heure, vous avez le droit de censurer les chapitres qui ne vous conviendraient pas. Donc à votre demande j'ordonne à ma mémoire de devenir ultra sélective et à mes oreilles de vite oublier ce qu'elles vont entendre.

— C'est bien, mais ce n'est pas suffisant. C'est l'amnésie totale que je vous demande, ma chère Méline.

« En fin de compte ne serait-il pas plus simple qu'il se taise sur ces événements à bannir de sa biographie ? Pour son ego, n'a-t-il pas tendance à forcer le trait ? Ou pire, est-il un mythomane ? », m'interrogè-je, déboussolée.

4

Sa mère, comme une libellule du dernier printemps, ignorait tout de la vie.

Ingénue, éblouie comme tant d'autres jeunes filles des campagnes, elle succomba aux lumières tentatrices, racoleuses, pourvoyeuses d'illusions, gobant le rêve de la ville et d'une vie facile. Mais elle ne savait pas les pièges que la cité bétonnée, impersonnelle, recèle quand les lumières s'éteignent, quand les images aux couleurs idylliques et somptueuses virent au noir.

Combien de jeunes paysannes, abusées comme elle par les froides fluorescences de la ville, ont perdu leurs chimères et leur âme ? Que de fois sa mère regretta la douce ritournelle des oiseaux cachés dans les arbres de Saint-Racho et chantant dans le feuillage la joie d'être là et les vertus de la campagne !

Après avoir posé sa valise dans un minuscule appartement sans confort, dans le quartier où habitait son oncle paternel, rapidement l'envie d'aimer germa dans son cœur. Pour la première fois, elle connaissait le temps des soupirs émus, puis celui du corps sans retenue pour un premier amant.

Elle épousa deux ans plus tard ce beau garçon aux cheveux bruns, de trois ans son aîné, qu'elle avait rencontré dans l'usine en bord de Rhône où tous les deux travaillaient. Elle faisait fi des avertissements de son oncle qui connaissait le fort penchant de cet homme pour la débauche et la boisson.

Ils s'installèrent dans la « Cité des Bleuets ». Mais si le bleuet est le symbole de l'espérance qui au printemps chasse le froid, fleur éphémère il se fane aussi. Quand dans son champ la couleur de l'espoir a passé, que de tristesse exprime son apparence de fleur séchée !

Dès les premières semaines qui suivirent le jour béni de l'alliance passée au doigt, au plus chaud de l'été, déjà, dans le cœur de la mère de Georges il neige à pierre fendre : une neige sale qui pulvérise la carte du tendre.

Les illusions en cendres laissèrent la place aux idées noires et à la froidure qui s'amplifia. Cris et violence de son homme, ivre quasiment tous les soirs, transformèrent sa jeune existence en *chienne de vie,* avec presque chaque nuit des pleurs de rage dans son lit. Les instants de bonheur à savourer à deux étaient si rares !

À ce noir tableau et à la force des images, je ne peux m'empêcher de penser au roman de Zola : *l'Assommoir.*

G.H. marque une nouvelle pause. Avec un sourire narquois et un clin d'œil complice, il détend l'atmosphère :

— Effectivement, pour l'instant le mouchoir est superflu. Votre résistance émotive est remarquable, alors je continue avant l'arrivée de Jérôme.

En cette seconde, je visualise la journaliste qui doit dans le même temps, dans un souci d'objectivité, se *blinder* à l'écoute des pires choses et garder la distance qui s'impose avec l'interviewé, pour se protéger moralement afin ne pas subir les affres de son histoire.

— Dites-moi si l'exploratrice de votre conscience doit avec crainte appréhender la suite et sortir le Kleenex ? le taquiné-je en lui rendant son sourire.

Il n'empêche, à dire vrai, je m'attends à une litanie de sombres souvenirs qui certainement foisonnent dans sa mémoire ; mais, en quelques phrases il enjambe les mortifiantes années de l'enfance et préadolescence :

— À quoi bon vous assommer par des détails, en déversant un torrent de mélodrames, qu'avec ma mère et ma sœur nous avons dû affronter à cette époque. D'ailleurs que vous pressentez parfaitement. Votre imagination a la capacité de formaliser et d'illustrer les terribles images d'agressivité et de déchéance de l'homme indigne dont je porte l'hérédité ; et aussi le courage de maman, son combat pour simplement survivre.

Évidemment, mon esprit pouvait conceptualiser ses peurs nocturnes, ses « cauchemars panique », sa médiocre scolarité aux résultats plombés par l'ambiance quotidienne soumise à l'ivrognerie de son père, et toutes les scènes insupportables de violences familiales et sociales, immuables, qui se perpétuent de siècle en siècle dans le grand zoo de la « Comédie humaine ».

En revanche, il insiste sur le sentiment de honte qui l'a imprégné très tôt, dès qu'il comprit que son père était « hors normes ». Au fil du temps et de sa conscience, cette honte se transforma en complexe, en culpabilité, en humiliation gangrenant toute son enfance et son adolescence. Montré du doigt, il devait faire face aux moqueries de ses copains quand ils voyaient son père sortir le soir du bistrot voisin en titubant, parfois en tombant et gueulant en bravade.

À l'adolescence, c'est lui qui voulut donner des baffes à ceux qui méprisaient sa famille. Il désira, quoi qu'il en coûte, devenir plus fort et plus grand que tous les lâches qui l'entouraient, et ne plus faire le dos rond à leurs plaisanteries dédaigneuses ou à leur pitié condescendante.

Aujourd'hui, dans sa soixantaine, il se souvient encore parfaitement de la réaction d'une de ses rares copines de la cité ghetto. Ils avaient sept ou huit ans, et sur le chemin de l'école, elle l'interrogea en écho des propos qui se disaient dans son entourage sur son père :

« Mais pourquoi ton papa boit toujours trop de vin, c'est parce qu'il est malheureux ! ».

De cette phrase si innocente, il ne s'est jamais remis. De longs mois elle le martyrisa en silence.

Honteux de son père, traîne-misère et ivrogne jusqu'à la ceinture, obstinément il se mit à l'écart de cette copine.

Plus tard, au temps du collège et des premiers émois, il en eut le béguin, mais la honte le rendait sot, il pensait que les parents de cette amourette s'opposeraient à leur fréquentation. Alors, souvent solitaire, dans son coin, jamais il n'osa lui en faire l'aveu ; elle en fréquenta un autre, qui avait un *papa normal*.

— Cela fait plus d'une heure qu'à cause de moi nous errons dans un tableau plus ou moins sordide, il est temps d'en sortir en ajoutant à cette triste peinture quelques couleurs optimistes, assure-t-il, en m'adressant un regard dans lequel je crois saisir un éclair d'affection.

Dans la foulée de cette réflexion, plus à l'aise, il se met à relater les week-ends de paix familiale ; car très bizarrement, sans explication rationnelle – sauf peut-être le besoin de retrouver un peu d'honneur et de fierté –, chaque fin de semaine son père faisait abstinence d'alcool. Il ne fréquentait pas les bistrots, et à la suite du veto de sa mère, aucun litre de vin ne rentrait à l'appartement.

Passée la *gueule de bois* des beuveries de la semaine de travail, un semblant d'harmonie regagnait la cellule familiale. Sa mère éreintée, résignée, sachant que l'alcoolisme de son mari était chronique puisque celui-ci refusait toute cure de désintoxication, elle jouait le jeu pour ses enfants : ni engueulades de son fait ou attaques frontales, ni larmes, ni menaces de divorce…

Georges évoque aussi les trois semaines de vacances d'été, systématiquement brionnaises, que tous les quatre venaient passer ici, à Saint-Racho, dans la ferme des grands-parents maternels. En quelques jours, dans le calme des vertes collines et loin des humiliations de la « Cité des Bleuets », sa mère retrouvait au contact de ses racines campagnardes une fantaisie perdue, un goût pour le laisser-aller, une allégresse et un entrain qui la rendaient resplendissante. En récompense, comme un cadeau amplement mérité, à satiété elle profitait de cette trêve.

Son père avait le regard qui s'éclairait à nouveau, la peau jaunâtre de son visage se détendait et brunissait au contact du soleil, ses pensées redevenaient cohérentes ; au bout d'une semaine, ses mains ne tremblaient plus.

De temps en temps, tous les quatre partaient en pique-nique au bord du lac de La Clayette ou dans une des clairières forestières des environs. Parfois dans les yeux du paternel se devinait une impression de repentir.

Mais trois semaines, c'est si court… Alors, il fallait déjà que la famille refasse les bagages et reprenne le fardeau de la honte qui, année après année, meurtrissait de plus en plus cruellement les épaules de sa mère, mutilait gravement son cœur et aliénait sa raison.

— Et pour clore cette matinée, Méline, j'ai un dernier chapitre à évoquer, il n'est pas le plus facile car il concerne la mort de ma très chère maman. Je venais de fêter mes quinze ans. La copine de la cité flirtait avec *l'autre* au père normal. La stigmatisation sociale et le jugement des voisins sur la soûlographie de mon père devenaient insupportables. La honte qui me harcelait et m'étreignait les tripes devint de la haine. Elle balaya tout respect filial pour cet homme. Victimes, avec ma sœur nous subissions en tremblant sa lente déchéance. Aussi, il m'arrivait de souhaiter sa mort, mais si ce chapitre se termina dans le sang… ce ne fut pas le sien qui coula. Injustement ce fut celui de ma mère.

Pudiquement, il résume le drame qui les cibla un soir d'une fin d'automne.

Sa mère avait atteint le fond du fond du gouffre de la soumission, de la résignation, de l'humiliation. Sa raison écartelée, des idées de mort lui vrillaient la tête. Son âme n'était plus que souffre-douleur et ce soir-là, dans son cœur au rouge sang, plus que d'habitude, il se mit à neiger de gros flocons de désespoir. Alors tout se recouvrit de noir. Rien ne résista au torrent de larmes qui la secoua et l'entraîna dans le plus profond des mélodrames.

Elle dit stop aux injures, aux gestes obscènes, aux insultes à répétition : « *tu n'es qu'une putain, tu crois que je ne sais pas que tu couches avec le patron du restaurant où tu travailles…* », fut la dernière saleté qu'elle entendit.

Elle le gifla, en gueulant il vacilla. Prestement, elle ouvrit la fenêtre de la cuisine du troisième étage. Ni une hésitation, ni un ultime instinct de survie, ni même les hurlements de ses enfants ne la freinèrent et ne l'empêchèrent de l'enjamber. Georges, dans un réflexe pour la retenir se précipita, toucha son tablier mauve, mais sa mère lui échappa. Au bout de ses doigts, il a toujours conservé l'affreuse sensation de ce bout de tissu que sa main ne put qu'effleurer.

Sans un cri elle bascula dans le vide. Elle mourut dans l'ambulance qui la transportait à l'hôpital.

À cette écoute de G.H. au visage blanc et décomposé, mon cœur palpite si fort ! Par bonheur, Jérôme arrive de sa randonnée, je suppose que notre hôte va en profiter pour relâcher la pression. L'intensité de son récit m'a vraiment indisposée, il me laisse pantelante, les larmes prêtes à jaillir ; j'ai besoin de retrouver mes esprits. Mais il témoigne d'une envie frénétique d'en finir et je retiens mon souffle :

— Pardonnez-moi, Jérôme, encore quelques minutes de patience. Pouvez-vous aller au potager et nous ramener une laitue pour le déjeuner ?

Mon bien aimé acquiesce ; pendant qu'il s'éloigne, Georges termine ses révélations.

— Dans l'heure qui suivit le décès de maman, les gendarmes ont interrogé les témoins de ce drame : mon père, ma sœur et moi. Mais mon père ahuri, encore dans sa bulle d'alcool, bredouillait des réponses inintelligibles aux questions des enquêteurs. Quand l'adjudant me questionna, d'emblée, en me doutant du mal que j'allais faire, je l'ai accusé avec ces mots :

« C'est mon père qui l'a poussée par la fenêtre. Il est toujours saoul. Ils se sont disputés. Quand elle l'a giflé, elle a ouvert la fenêtre et lui a dit en se penchant : *si tu me touches, je me jette par la fenêtre.* Alors il s'est précipité, la faisant basculer dans le vide ».

Sa sœur, qui avait à peine douze ans, a hésité, puis du bout des lèvres a confirmé cette version de la scène. À la sortie de la gendarmerie, sans doute sans mesurer les conséquences de cette accusation, sa sœur lui demanda la raison de ce mensonge. En pleurs, il lui répondit :

— Maman est morte à cause de lui. Il doit payer tout ce qu'il nous a fait subir. Nous devons toujours penser à elle et il faut la venger.

Une assistante sociale de leur quartier s'occupa d'eux. Chacun trouva refuge dans une famille d'accueil. Leur père, à cause du témoignage de son fils, fut condamné à dix ans de prison. Quatre ans après son incarcération, il mourut d'un cancer du foie foudroyant.

— J'ai toujours refusé de le voir en prison et je n'ai pas assisté à ses funérailles. Plus tard ma sœur me l'a sévèrement reproché. Elle fustigeait mon acharnement à le faire condamner pour la mort de notre mère et de m'être servi d'elle. Avec le temps, elle supportait de moins en moins sa coupable complicité enfantine. Elle aurait souhaité que je dise la vérité à la justice. Mais je ne voulais pas en démordre, j'étais convaincu que maman s'était défenestrée à cause de la tyrannie de l'alcool et du martyre que son mari lui faisait endurer. Ce profond désaccord m'a définitivement éloigné de ma cadette… Mais je vois Jérôme qui arrive, alors je vous en dirai plus un autre jour.

En effet, mon chéri se pointe dans la pièce avec une grosse laitue batavia aux feuilles dentelées. G.H. nous informe qu'un traiteur de La Clayette doit nous livrer le plat et le dessert pour midi. Jérôme se propose de préparer la salade.

Au cours du repas, encore sous le coup des flashs tragiques que le récit de Georges a incrustés dans mon imaginaire, je lui demande quelques précisions sur certains points de son histoire, notamment sur son silence quant à sa vie professionnelle :

— Je présume que c'est le sentiment d'injustice sociale et de déclassement qui vous a fortement incité à devenir avocat, notamment en tant qu'expert des droits de la famille et de l'enfance.

— Absolument, Méline. Je voulais à tout prix sortir de la zone de la pauvreté, mais sans renier mes origines. Quelle fâcheuse mémoire que tout cela ! Je vous en reparlerai plus tard.

Nous prenons le café sous le châtaignier et en tenue légère nous digérons sur des transats l'excellent repas qui fut accompagné d'un vin blanc AOP du vignoble mâconnais. Dans le ciel, une vision s'affirme : au-dessus du champ voisin, une buse aux ailes déployées tournoie en accord avec le vent dans la lumière du soleil. Observe-t-elle une proie avant de piquer dans le vide et de tomber sur elle ? Telle une allégorie, elle me rappelle la célèbre chanson de Barbara : *l'Aigle noir*. Cette association est-elle favorisée par la griserie provoquée par les deux verres de vin dégustés ? Et comme pour *l'Aigle noir*, je me demande quelle interprétation psychanalytique elle contient.

Avec un vent soufflant du Sud, la chaleur devient étouffante et le thermomètre dépasse les trente degrés. Georges nous avertit que ce soir le ciel craquera sans doute méchamment et qu'il serait prudent que nous partions avant son embrasement.

— Nous pensons prendre la route vers seize heures afin d'arriver à Orléans avant le coucher du soleil. Espérons que nous serons dans le bon timing, tente de le rassurer Jérôme.

— C'est toujours un pari de prévoir avec précision quand ça va éclater. En principe les gros orages se produisent lorsque le vent se lève à l'Ouest et forcit en bourrasque, ce qui n'est pas encore le cas, le vent n'a pas tourné. Alors, profitez-en pour vous reposer avant de prendre le volant.

— Vous avez raison, Georges. Je me mets en maillot de bain et je vais rêvasser dans ce transat, sous l'ombre de ce châtaignier, abondé-je dans son sens, en relevant mes cheveux en chignon.

— Vos cheveux relevés, je remarque que vous avez un impressionnant grain de beauté sur votre nuque, derrière votre oreille gauche. Par prudence, le faites-vous surveiller régulièrement par un dermatologue ?

— Aucune crainte, il est sous surveillance. Je fais très attention avec le peigne ou la brosse à cheveux et ma chevelure le protège du soleil. D'après ma mère adoptive, je porte cette marque de fabrique depuis ma naissance. Mais est-ce une offrande de ma mère ou de mon père biologique ? Sans doute que jamais je ne le saurai.

Avant de me répondre, il marque un temps de réflexion, puis dans les secondes suivantes, la voix assurée, avec une lueur dans les yeux qui le transcende, il formule une étrange répartie :

— Hum ! Ne dites pas ça, Méline. Comme je vous l'ai déjà dit, je crois vraiment à l'irrationalité du monde et aux incroyables facéties de la vie et j'aime cette maxime de Flaubert : *Rien n'est sérieux en ce bas monde, que le rire.* À plusieurs reprises j'ai pu juger de sa pertinence.

Que c'est curieux ! me dis-je. Cette expression philosophique est une des préférées de mon grand-père André, et d'instinct ou par mimétisme, je me la suis appropriée. Et si tous les deux, par le plus grand des hasards, en émule de Flaubert avaient raison ?

Même si le cerveau humain est programmé pour être rationnel, ne préférons-nous pas dans ce vingt et unième siècle, par facilité, lâcheté, impuissance ou manque de réponses aux questions métaphysiques – comme celles par exemple de l'existence de l'au-delà ou de la survie de l'âme –, vivre dans un monde onirique, virtuel, irrationnel, fait de fantasmes et d'illusions ? Alors, si rire de tout était en effet la meilleure des thérapies ? Si, dans ce cirque universel, dérisoire, dérangeant, absurde, le bonheur et le bon sens se cachaient dans un fou rire, dans une fanfaronnade à se moquer du malheur, de l'insupportable bêtise humaine, de nos peurs insondables, avec un malicieux clin d'œil ?

Et puis, ne dit-on pas « rire aux larmes ou mourir de rire », alors, esclaffons-nous !

II

Georges (G.H.)
L'ermite de Saint-Racho

L'Univers du Rien pour un homme de rien.

1

Après le départ de Méline et Jérôme pour Orléans, Georges retrouve son statut d'anachorète. Un isolement du monde qu'il a choisi, qu'il revendique et apprécie. Bâtir des châteaux en Espagne et courir après son ombre ne sont plus depuis longtemps sa lecture du réel, il s'en est exclu sciemment. Vivre maintenant dans la solitude avec les évidents stigmates de la vieillesse lui procure, semble-t-il, une sensation de régénérescence de ses cellules. Mais il n'est pas dupe, il sait que biologiquement le temps passe deux fois plus vite quand on a dépassé un certain âge… Et il a dépassé cet âge. Aussi, il se contente de ce que lui offre chaque instant.

Lucidement, toujours l'a imprégné ce feeling qu'il était un homme de rien venant du *Rien*, au destin incertain avec des lendemains qui seraient plutôt gris que bleus. Pourtant, à la sortie de l'enfance, quelle force l'animait pour laver son cerveau de tous les affronts subis et de la honte qui le souillaient ! En grandissant, dans ses yeux, des rêves en paillettes se sont mis à briller, alors il a beaucoup bossé, au lycée, à la fac de droit ensuite. Et puis, il s'est rendu compte que dans cette société, les dés étaient pipés, que certaines strates et certains fauteuils confortables étaient des chasses gardées, réservées à la soi-disant *élite*. Alors pour s'y faire accepter, comme beaucoup de ses congénères, piteusement il a frimé, triché, joué du contre-pied. Il a même trahi en zappant sur son idéal. Il a gagné de l'argent, il s'est enrichi, il a fait partie de l'*élite*.

Mais tout à l'heure, sous le majestueux châtaignier, à la vue du symptomatique grain de beauté derrière l'oreille gauche de Méline, s'il a souri intérieurement à cette vision qu'il trouvait surréaliste, il reçut néanmoins un choc émotionnel qui assurément l'a étourdi, et le sourire en lui qui s'imposa lui fit mal. Avec le recul, il pense que ce sourire qui le surprit n'était pas de mise, car il a toujours redouté que ce moment crucial arrivât.

Après coup, seul ici, sur le thème de la coïncidence ou du hasard, avec ce constat qu'il fit cet après-midi, plus que sourire c'est de pouffer de rire dont il a envie, et de brailler en s'agitant les bras levés :

« Et ce grain de beauté, ma chère Méline, est-il une autre coïncidence ? Elle vient compléter la panoplie des autres choses qui nous rapprochent, et voilà à n'en pas douter qu'avec notre rencontre de ce week-end ma vie part en contresens. Est-ce qu'un banal grain de beauté, tel un déroutant pied de nez, fera éclater la vérité ? Vraiment, encore une fois, rien n'est sérieux en ce bas monde, que le rire ».

De ces étranges concours de circonstances, rapidement il fit la liste et la synthèse : certaines mimiques et expressions du visage de Méline, quelques traits marquants de sa personnalité, un charme indéfinissable, son âge : 24 ans et sa probable date de naissance, une indépendance d'esprit mais avec une légère couche de mysticisme, son statut d'enfant née de X à Orléans… Et ce grain de beauté si caractéristique, le même que celui qui imprimait la peau de Marie-Anne et au même endroit.

En dehors de leurs affinités, si évidentes pour lui, et de son attirance instinctive pour elle, cette escarcelle virtuelle qui maintenant se remplit d'indices, de coïncidences, de ressemblances, à la fois le fascine et l'interroge.

Mais là, isolé dans son coin champêtre du Brionnais, il doit bien reconnaître que cet ensemble de présomptions, qu'il a commencé à relever lors de leur incroyable rencontre au Salon du livre de Mâcon en juin dernier, a imprégné son subconscient. Ne croyant pas à la bienveillance des astres, il y perçoit sinon un miracle, pour le moins un message éloquent du destin qui confirme sa devise : *tout est programmé d'avance et les êtres ne sont que d'insipides brins de paille qui, en chemin au gré des vents, le plus souvent se perdent, mais aussi parfois se retrouvent de la manière qui semble la plus irrationnelle.*

Aussi, à quoi bon continuer à nier l'évidence ? Le miroir n'est pas déformant, il ne ment pas, la vérité en reflet est là, devant lui : Méline est sa fille. Le nouveau-né qu'il n'a pas voulu reconnaître est devenu une séduisante jeune femme de 24 ans, à la quête de son hérédité génétique. Et en confirmation de l'adage de Flaubert – pour le coup à en rire aux larmes –, elle vient de passer deux jours chez lui : son père biologique. Elle était à un souffle, à une confidence de Georges, de trouver la réponse à tout son questionnement et de terrasser son mal-être… Il suffisait de si peu de chose pour dans son cœur apaiser ses angoisses.

Aussitôt la conviction exprimée de cette descendance, objectivement il envisage les conséquences que cela va entraîner pour tous les deux. Pour lui, un ignoble aveu à faire, un mea culpa très douloureux, une nouvelle honte à assumer pour sa lâcheté, sans doute la pire depuis son enfance… Pour elle, le dégoût d'un type égoïste, la répulsion à la découverte de ses origines peu glorieuses, l'écœurement quand elle saura la raison de son abandon à sa naissance, la révolte qui s'emparera d'elle à la dure vérité qu'elle entendra… Comment pourrait-elle sortir indemne d'une telle épreuve ?

Non ! En conscience, il ne peut pas poursuivre sa relation avec elle, basée tacitement sur la confiance. Elle ne peut plus être sa confidente, leur rapport vient de changer de nature. Quels non-sens et faillite morale seraient de s'épancher auprès de cette jeune et talentueuse auteure – secrètement sa fille – en lui racontant son histoire, qui maintenant est aussi devenue la sienne, sans qu'elle connaisse leur lien de sang ! La décision de ne pas donner suite à son projet de biographie paraît l'issue la moins traumatisante pour elle et la plus digne pour lui. Elle lui laissera du temps pour la réflexion.

Alors, en tout état de cause, à compter de ce soir, il mettra sa mémoire en quarantaine et boycottera son passé. Il craint tellement que Méline le trouve monstrueux. Affronter un nouveau déshonneur, être vomi par cette jeune femme qui porte ses gènes – et en certitude ceux de Marie-Anne, car les concordances de date sont évidentes –, lui est intolérable. Il ne possède plus la capacité psychique nécessaire pour accepter l'agressivité légitime qu'elle lui témoignera en apprenant la vérité sur sa conception et sa naissance. Confusément, en cet instant, il a l'impression que son enfance comme une ensorceleuse le possède encore ; il demeure dans son obsession.

Demain, il lui enverra un mail l'informant de sa volonté de ne plus se confesser à elle, la libérant de la mission *d'exploratrice de sa conscience.* Il invoquera un problème éthique vis-à-vis de lui-même et de ses ascendants – ce qui est vrai. Leur rencontre de ce week-end à Saint-Racho et leurs conversations sans aucun tabou lui ont ouvert les yeux, argumentera-t-il.

Il a toujours rejeté ceux qui se prenaient pour le nombril du monde ; et en partie grâce à Méline, il a compris que sa démarche était narcissique, contraire à ses valeurs, appuiera-t-il. Aussi, il ne cherchera plus à sortir de l'anonymat. Il est si tranquille dans son abri solitaire, nul importun pour le déranger, ni les amis qu'il n'a plus ni les voisins qui l'ignorent ou tous les autres qui l'ont oublié. Nulle envie, nul besoin de se projeter dans le « monde d'après ».

Il ne veut plus qu'ils se revoient.

Pour l'instant, il taira sa véritable identité pour éviter à sa fille d'être par ricochet une victime expiatoire sur l'autel de la honte et des bassesses. Lui, de cela, il a tant souffert ! Tout l'inspire à garder en lui ce secret. Et puis, la vérité est-elle toujours bonne à dire ? Ne comporte-t-elle pas deux faces ? Si on grattait l'honorable miroir, de quelle couleur serait son verso ? Quelles horribles grimaces en jailliraient ?

Il sait que Méline cherche obstinément l'image de la femme qui lâchement l'a abandonnée. Pour vaincre les angoisses qui la tenaillent en fréquence régulière, elle a viscéralement besoin de retrouver les mains sans tendresse ni fibre maternelle qui ont refusé de caresser, protéger, aimer l'enfant nouveau-née sortie du ventre de cette femme. Mais il pense que sa fille mérite un autre père biologique ; comment pourrait-il décemment revendiquer ce titre, lui, le coupable certain de sa situation d'enfant née sous X ?

Ce soir-là à Saint-Racho, l'esprit de G.H. est un véritable champ de bataille. Une abominable répulsion de son passé accompagnée d'un rejet de tout ce qu'il fut le condamne à se taire. Il se dit que le sort qui coiffe la destinée de chacune et chacun en cristallisant tant de peurs et d'espérance, qui, au gré d'oscillations positives ou négatives nous fait côtoyer trous et sommets, jamais celui-ci ne se préoccupe des soubresauts de l'âme ni des sentiments qui cognent dans le cœur.

III

La pelote de souvenirs de G.H.

« On passe notre vie à se tricoter »

Boris Cyrulnik

1

Sous une pluie diluvienne, l'orage de type tropical nous surprend sur la RN 79, juste avant Charolles. Le ciel d'encre noire semble si près du sol que l'horizon a disparu. La soudaine violence des trombes d'eau cingle le pare-brise, submerge la chaussée, avec rage tambourine sur le toit de la voiture. Sous le déluge, notre habitacle d'acier est plongé dans la pénombre et notre champ de vision se noie. Nous sommes contraints de nous arrêter sur le parking d'un centre commercial.

Avec Jérôme, nous profitons de cette halte forcée pour échanger nos impressions sur ce week-end hors du temps, des normes et des conventions, que nous venons de passer avec ce personnage solitaire sur le flanc sud de la montagne de Dun.

Personnellement, dans ce cadre verdoyant et forestier, à l'absence de bruit, où le silence bâillonne les émotions, où chaque mot prononcé prend l'importance d'une confidence, j'ai apprécié l'hospitalité de G.H., et ces deux jours que je redoutais un peu m'ont ravie.

Je suis en phase avec ce commentaire de mon bien aimé :

— Quelle surprenante fin de vacances ! Les terminer dans cet endroit ultra confidentiel, après trois semaines de *farniente* sur une plage qui fourmillait de monde, à participer le soir aux animations nocturnes dans la musique à tue-tête, j'avoue que la transition a été inattendue mais originale. Bien volontiers, je reconnais que l'accueil de Georges, malgré sa réputation de sauvage, dans ce qu'il appelle *son Univers du Rien,* fut parfait.

C'est vrai, au cours de ces deux jours, notre hôte en nous parlant de son quotidien et en évoquant sa motivation de quitter la civilisation infernale des villes peuplées d'individus toujours insatisfaits où tout est organisé, planifié pour ne pas en sortir, a employé cette expression insolite : *Univers du Rien.*

« En arrivant ici, dans cette propriété maternelle, j'ai eu la perception d'être projeté dans un autre monde. Je quittais celui de l'instantané pour poser mes valises dans un nouvel univers, que très vite je baptisais l'Univers du Rien. Dans lequel le présent est déprogrammé de l'espace-temps, avec au fil des jours la sensation de redevenir un infinitésimal grain de sable, un presque rien de la vie, perdant l'instinct brutal de l'animal. Un univers loin des fausses vérités séculaires, où la mémoire numérisée n'a pas cannibalisé celle des êtres humains et où le passé a perdu son lien… Pour rien au monde je ne replongerais dans l'ambiance artificielle, déloyale, agressive de la ville aux civilités hypocrites qui mettent les nerfs à vif et donnent l'impression de vivre dans une bulle d'illusions, si loin de la vraie vie ».

En connaissant aujourd'hui les épisodes noirs qu'il a vécus et endurés, ce discours à l'accent existentialiste se justifie sans aucun doute, et je pense qu'il pourrait devenir un chapitre important de sa biographie.

— Mais dis-moi, mon cœur, en le quittant cet après-midi, n'as-tu pas ressenti, comme moi, un changement dans son attitude, comme une crispation de sa part quand par exemple j'ai parlé du planning à établir pour nos prochains entretiens ? Ou mon intuition m'aurait-elle trompée ?

— J'étais tellement pressé de prendre la route pour devancer l'orage, que je n'ai pas prêté attention à son comportement. Je ne sais pas ce qu'il avait en tête à ce moment-là. Disons qu'il s'était habitué à notre présence amicale et que notre départ le chagrinait !

Dimanche soir. L'introspection de G.H.

Allongé sur son lit, les bras sous la nuque, les yeux mi-clos, il rembobine la pelote de souvenirs pour la plupart douloureux chaque fois qu'il repense à son ancienne vie, et qu'il avait commencé à dérouler pour sa biographie. Il désirait sincèrement les partager avec Méline, mais avec raison, estime-t-il, les événements du week-end et le sort le contraignent à y renoncer.

En effet, peut-il entre autres lui confier le récit de la mort de sa sœur dont il s'accuse ?

Après le suicide de leur mère, avec le soutien intègre et dévoué de la famille d'accueil, avec l'éloignement de la « Cité des Bleuets » qui permettaient peu à peu à la honte de s'apaiser, au rituel besoin de baisser les yeux de s'estomper et de disparaître, un nouveau conflit se nicha en lui. D'abord sous forme de confusion, par la suite en culpabilité, quand, au début de ses études de droit, il rentra en opposition frontale avec sa sœur. À croire que la honte est toujours en manque, qu'en permanence, vorace comme un ogre, elle a besoin de quelque chose à se mettre sous la dent.

À maintes occasions, sa sœur lui reprocha sa conduite scélérate qui aboutit à l'emprisonnement de leur père, et le supplia de dire la vérité, ce que Georges refusa catégoriquement. La mémoire de leur pauvre maman, humiliée au quotidien, souvent en privation et se saignant aux quatre veines pour eux, le persécutait cruellement. Elle lui renvoyait l'image de cette femme harassée, au bout de la résignation, essayant de surnager dans la boue des humiliations. Malgré les rires moqueurs, les commérages ou la compassion du voisinage, parce qu'elle estimait que c'était son devoir d'épouse, il la revoyait aller chercher au bistrot du quartier son mari plein comme une barrique de vin au goût piteux, afin qu'il ne se fasse pas écraser.

Pour lui, tout s'inversa avec le suicide de leur mère.

Son frêle corps à bout d'endurance qui bascule dans le vide, l'effleurement de sa blouse au tissu mauve que sa main ne put accrocher et retenir, les derniers mots de son ivrogne de père insultant sa femme avant sa culbute dans la mort l'ont marqué à vie.

Dans l'horrible silence du chagrin aux larmes de rage, la force de sa hargne gonfla son envie de vengeance envers la société, le poussant à la révolte. Il devait s'évader de la cité des pauvres où comme un témoin la misère se transmettait de génération en génération, avec en perspective les usines crachant leur poison et les ouvriers qui rentraient le soir à la maison la peau imprégnée d'une odeur nauséabonde. Il n'était pas question pour lui de faire comme ses aïeux un vœu de pauvreté. Il fallait coûte que coûte qu'il sorte en vainqueur du bas-fond social et de sa disette : *seule la victoire est belle* ! pensait-il.

Au pire de la tourmente familiale, à ses refus successifs d'assumer son mensonge, un sentiment d'opprobre et de dégoût assaillit sa sœur. Pour échapper à son tour au sentiment de honte et à l'enfer de l'imposture qui s'étaient nichés dans les tréfonds de sa conscience, elle trouva l'évasion dans la drogue.

« Tu parles souvent de honte, mais mon pauvre frère, regarde-toi dans une glace ! C'est ton attitude qui est honteuse et indigne d'un homme. Elle est même à dégueuler. En fait, tu veux sortir du ruisseau, dis-tu, mais tu vas t'y noyer car tu n'es qu'un sale type et un méchant con », lui asséna-t-elle.

Son hostilité envers lui gonfla dangereusement. Mais ce ne fut pas lui qui se noya ; c'est elle qui mourut deux mois plus tard à la suite d'une *overdose*, submergée par les flots du dégoût et du remords.

La mort de sa sœur – en contrecoup de celle de son père –, Georges la porte dans sa chair et dans son âme comme une croix. Il croyait que ce calvaire pouvait enfin prendre fin en avouant sa forfaiture, en l'extériorisant. C'est la raison profonde de l'idée et du projet de sa biographie, avant que s'égrène un chapelet de paroles médisantes, sans doute peu élogieuses étant donné le contexte et les faits, et avant celles qui seront prononcées post-mortem par des gens plus ou moins bien intentionnés qui l'ont connu.

Mais à son âge, effectuer une volte-face en amont et qui le conduirait jusqu'à la source de la honte, avec seulement l'impuissance des mots, même authentiques, s'avère impossible. Et quel challenge difficile pour un gone des cités que de réussir sa mue, de s'émanciper de la quadrature du cercle dans laquelle la misère l'a enfermé ! Tant de vexations et de complexes accumulés lui ont embrouillé l'esprit ! Comment ne pas aller dans les cordes quand, dès la naissance, on ne possède pas les mêmes armes que les autres, les nantis ?

Pourtant, et paradoxalement, la mort pitoyable de sa cadette qu'il a laissé se dissoudre dans la souffrance psychique et disparaître dans l'enfer de la drogue en lui retirant sa main affectueuse, une main qui certainement l'aurait aidée à reprendre pied, va galvaniser Georges. D'abord dans ses études et par la suite dans son parcours professionnel. Il deviendra de plus en plus ambitieux, se métamorphosera en quittant l'accoutrement des modestes pour celui taillé sur mesure des bourgeois – *des gens bien.*

Même si, le hantaient parfois le souvenir de sa mère offensée et mortifiée, et l'image de son père alcoolique chutant dans la rue sous le rire narquois des passants et des voisins, lui au moins, il était sorti du ruisseau ; il ne rasait plus les murs. Il avait réussi, se targuait-il, à étouffer la honte maladive qui étreignait le gamin au regard fuyant qu'il avait été, et lui faisait perdre l'estime de soi, le transformant en paria de son quartier.

Néanmoins, malgré les réussites sociales et professionnelles, qui sont des fiertés qui coûtent souvent cher en obligeant la pose d'un masque stéréotypé, en rendant soluble tout individu dans le conformisme bourgeois à la pensée unique, en asphyxiant le bon sens, guérit-on jamais de la honte ? Peut-on intellectuellement s'en libérer totalement et effacer le passé ?

Dorénavant, avec la connaissance de la filiation qui les unit, comment peut-il raconter la mort de sa sœurette à Méline – lui faire partager ce châtiment à vie qui toujours lui collera à la peau –, sans la perturber gravement et sans qu'il passe pour un pervers ?

Et puis, dans le mystère de l'individu, il sait qu'un jour s'actionne fatalement la machine à remonter le temps. Alors, dans son mouvement non maîtrisable, tel un engrenage infernal à broyer la conscience, une confession en appelle fréquemment une suivante, plus insensée, plus cauchemardesque. Aussi, en ce dimanche soir, Georges craint par-dessus tout de devoir avouer à sa fille la pire des ignominies qu'il ait commises.

2

« Chère Méline,

Ces deux derniers jours, j'ai beaucoup apprécié votre présence dans mon repaire – l'Univers du Rien. Mais aussi, grâce à vous et à Jérôme, à votre visite amicale, au souffle un brin affectueux que vous avez apporté dans mon vert patelin brionnais, à votre bonne humeur et à nos discussions, ma démarche de « projet biographique » *me paraît aujourd'hui complètement déconnectée et tellement narcissique !*

J'ai pris conscience de l'inutilité de le poursuivre en compilant sur le papier, par l'entremise de votre talent, l'histoire de ma vie. Qui peut-elle intéresser ? Même pas mon fils ; et mes très proches ont disparu.

À la fleur de l'âge, et bien abîmé par le temps et les vents contraires, afin de satisfaire mon ego, c'est la vanité qui à contre-courant de la vie m'a poussé à vous demander de devenir « l'exploratrice de ma conscience ». *Mais quelle incongruité ! Moi, qui ai toujours méprisé ceux qui se prenaient pour le nombril du monde. La franchise avec moi-même et avec vous me force à renoncer à cette biographie. Je vous libère de cette mission contraire à mes valeurs.*

La sagesse suppose que je reste dans l'anonymat de mon abri solitaire, j'y suis si bien ! « Nul importun pour te déranger, ni les amis que tu n'as plus, ni les voisins qui t'ignorent ou tous les autres qui t'ont oublié », *comme me l'a dit ma petite voix.*

En conséquence, je souhaiterais que vous détruisiez le manuscrit que je vous ai confié, j'ai pu juger ce week-end de votre honnêteté intellectuelle, aussi, je sais que vous le ferez, et que vous n'aurez pas la tentation d'utiliser mes confidences dans un de vos prochains romans… Cette remarque, c'est pour rire ! (En référence bien sûr à la pensée de Flaubert à laquelle vous êtes aussi sensible).

Il vaut mieux pour tous les deux que nous ne nous revoyions pas. En revanche, je suivrai votre actualité littéraire avec beaucoup d'intérêt.

Qu'une bonne étoile vous protège et illumine votre présent et votre futur.

Bien à vous deux.

Georges »

Tel est le message qui m'attendait ce soir, à mon arrivée chez moi. En l'ouvrant, je suis sidérée par sa lecture. Je m'attendais à trouver une proposition de planning de travail et non un magistral contre-pied à 180°. Prise de court par ce revirement, une deuxième lecture m'est nécessaire afin de me persuader de son renoncement, tant ce projet semblait lui tenir à cœur. Cette parabole, peut-être maladroite, me vient à l'esprit : *pourquoi rejette-t-il si brutalement son bébé avec l'eau du bain* ?

Pour quelle raison refuse-t-il ostensiblement de faire rentrer la réalité du temps présent dans son *Univers du Rien* ? Et pourquoi préfère-t-il rester dans son monde solitaire loin des mirages, des fantasmes, des convoitises de la vie moderne, dans laquelle, il est vrai, tant de dogmes insensés et d'idées imbéciles intoxiquent peu à peu le cerveau des êtres humains ?

Mais on ne devient pas anachorète par un simple claquement de doigts. Cela suppose une droiture morale irréprochable ou une abondance de péchés ou de vices à se faire pardonner. Qu'en est-il de lui ? Malgré toute l'empathie que je ressens pour cet ermite de Saint-Racho, je ne sais plus que penser. Est-il un bon samaritain ou un sale individu en pénitence ?

Je sors de la chambre qui nous sert aussi de bureau, pour retrouver Jérôme qui vient d'arriver et qui m'attend dans le salon :

— Tu tombes bien, mon Jérôme ! Je viens de lire un message de Georges. Sa lecture m'a déroutée. Il m'a prise à contre-pied, et sans m'y attendre, *mon* ermite m'a fait un méchant croc-en-jambe. Il renonce à son projet de biographie. Lui, qui proclamait le plus sérieusement du monde qu'il voulait donner du bleu et embellir certaines séquences de sa vie, certes en trichant peut-être un peu, afin de laisser un témoignage pas trop sombre de son passage sur cette Terre ! Je n'en reviens pas de sa décision !

— Alors là, effectivement c'est un sacré coup de théâtre ! Changer aussi radicalement en vingt-quatre heures, il a fait fort ! C'est ahurissant, et je comprends ta déception. Mais que se cache-t-il derrière cette volte-face ? Est-ce un fabulateur ou un manipulateur ? Je sais bien, ce n'est pas l'impression qu'il donne, mais ne dit-on pas « on lui donnerait le bon Dieu sans confession » ?

— À cette hypothèse que nous avions déjà évoquée, je ne crois toujours pas, ni d'ailleurs au mensonge autobiographique ou à quelqu'un qui voudrait par sadisme s'autoflageller. Mon intuition féminine m'incite plutôt à penser qu'au cours du week-end, une fâcheuse poussière comme un malentendu ou un désaccord est venue à notre insu perturber sa réflexion et l'a dissuadé de donner suite à son projet. Encore une fois, la question essentielle à mes yeux concerne son choix de s'adresser à moi pour le concrétiser, pour que je joue par mon écriture une courroie de transmission.

— Tu sais, étant donné la teneur de son message, en exprimant son souhait de ne plus te revoir, je crains que ta question reste sans réponse. À ta place je n'insisterais pas. Qu'as-tu à espérer ?

— Peut-être que tu as raison. Mais pourquoi après cette rencontre improbable à Mâcon, vouloir avec insistance que ce soit moi, en dépit de mon inexpérience, qui ouvre la porte de son jardin secret ? L'irrationalité a quand même des limites !

Après un échange d'arguments, et bien que je sois sérieusement contrariée par cette incohérence, je me range à l'avis de mon bien aimé : *ne pas répondre à son mail dans l'immédiat.* Si son message, en attisant ma curiosité et mon désir de percer son mystère, est un piège pour m'attirer davantage dans ses filets, il en sera pour ses frais.

N'empêche, je sens que Jérôme, qui connaît mon tempérament de fonceuse détestant les échecs – et la réponse de G.H. en est un –, se doute forcément que je ne vais pas en rester là. Mais dans l'instant, avec agacement, je me figure qu'en son for intérieur, mon chéri doit être ravi de ce dénouement signant la fin de notre zizanie qui nous valut une soirée tendue comportant un danger sous-jacent de grave conflit entre nous. Il rend caduc le deal laborieux valable six mois, négocié lors de cette soirée. S'il y pense aussi, il a le tact de ne pas l'extérioriser ; j'aurais été très déçue s'il avait eu l'arrogance avec un air goguenard d'en faire allusion.

Après notre dîner, la tentation est trop forte. Je suis calée sur le canapé, la tablette sur les genoux, un automatisme incontrôlable me pousse à traquer numériquement Georges Huasse. Sans le moindre doute possible, ses références et son passé professionnel s'affichent sur l'écran. Sans surprise pour moi, car conforme à ses dires, est relaté son attachement viscéral à la défense intransigeante de tous ceux, femmes, hommes ou enfants maltraités et souillés par la société d'opulence, qui réclament leurs droits au partage du gâteau.

On l'avait baptisé *l'avocat des pauvres,* mais à la suite d'un procès qu'il perdit, l'opposant à une importante société foncière lyonnaise qui voulait sans état d'âme exproprier une dizaine de familles dans l'indigence et récupérer le terrain afin d'édifier un immeuble luxueux destiné à une clientèle haut de gamme, son image d'intégrité fut salie.

Profitant de son échec dans ce procès, certains, sans doute jaloux de sa notoriété et de son aura médiatique, l'accusèrent de complaisance, et même de connivence envers la société foncière. Ils évoquèrent un conflit d'intérêts, car un des associés de ladite société faisait partie du cercle familial de son épouse. Meurtri, il fut blanchi par l'ordre des avocats. Cependant, la suspicion mit longtemps à se dissiper totalement.

Je trouve également sur Internet une photo de la « Cité des Bleuets » dont il m'a entretenue longuement. Elle est située à Bron-Parilly, une banlieue à l'est de Lyon, et se trouve dorénavant cernée par l'autoroute qui dessert les stations de ski de l'Isère et de la Savoie. Les champs de bleuets et de coquelicots qui la jouxtaient ont été urbanisés et cannibalisés par un vaste centre commercial. Et comme une ironie du sort, le soir celui-ci s'illumine aux couleurs du bleuet et du coquelicot… Ainsi au vingt et unième siècle c'est dans le bruit infernal, la pollution et la lumière artificielle que se respire le champêtre.

En poursuivant ma recherche digitale, un titre concernant Georges, qui paraphrase un article paru dans le quotidien de Lyon Le Progrès, m'apostrophe : *« Le célèbre avocat lyonnais, Georges Huasse, assiste impuissant à la défenestration d'un de ses clients. »*

3

Comme chaque Humain le devine, la lanterne du destin est toujours en veille, en permanence elle alimente notre vie. En ce début de matinée de l'été 1995, un homme de petite taille, le visage marqué des stigmates de la cinquantaine se présenta au guichet d'accueil de son cabinet, dans lequel il était associé avec deux confrères. Cet homme avait rendez-vous avec l'un d'eux, spécialisé en droit de l'immobilier. Il souhaitait l'entretenir du litige qui l'opposait à un de ses voisins du lotissement où il avait conclu l'achat d'un pavillon, et qui portait sur un soi-disant non-respect des limites de propriété précisées dans le plan de bornage ; il voulait vérifier le bien-fondé de cette contestation.

Aussitôt, Georges le reconnut. Ils étaient voisins de palier à la « Cité des Bleuets ». Il l'avait catalogué de *type* détestable, sans honneur. En raison de leur proximité géographique, il était témoin des crises d'éthylisme de son père, insultant, menaçant sa famille. Jamais il n'avait daigné intervenir pour le calmer et les protéger. C'était un petit homme par la taille mais encore plus par son comportement et sa pleutrerie.

Ce jour-là, Georges, en l'invitant à le rejoindre dans son bureau, en avocat influent qu'il était devenu ne put résister au plaisir jouissif de se présenter :

— Bonjour. Manifestement vous ne m'avez pas reconnu, pourtant nous avons passé de longues années à proximité sur le même palier à la « Cité des Bleuets ». Je suis le *petit* Georges Huasse, vous vous souvenez, le fils du *soûlot* du quartier, celui que tout le monde méprisait, et dont la mère a basculé du troisième étage, à cause de l'indifférence de tous.

— Heu... En effet, je ne vous ai pas reconnu. Mais vous vous trompez, le drame qui a frappé votre famille m'a beaucoup touché.

— Si cela était vrai, peut-être qu'elle serait encore vivante si vous nous aviez charitablement tendu la main. Mais que la vie est surprenante, n'est-ce pas ? Si longtemps plus tard nous sommes là, debout, l'un en face de l'autre et vous avez besoin que mon équipe vous apporte une assistance. Au cours de ces années, je me suis souvent demandé si à l'époque de la « cité » vous pouviez dormir paisiblement et vous regarder sans honte dans la glace pour votre attitude passive et si lâche.

À ces mots agressifs de l'avocat, son ancien voisin se rebiffe et la réponse qu'il lui assène est douloureuse :

— Mais dites, pour qui vous prenez-vous ? Vous êtes avocat et pas juge, alors je me contrefous de vos leçons de morale. Surtout venant de votre part, et c'est vous qui devriez me remercier. Je sais que vous avez menti aux policiers qui vous ont interrogé sur la mort de votre mère. Votre père était ce soir-là tellement ivre qu'il était physiquement incapable de forcer sa femme à enjamber la fenêtre. Nous sommes arrivés ensemble du travail et c'est moi qui l'ai aidé à monter les étages, il ne pouvait même plus lever les pieds. Vous avez accusé votre père à tort. Si j'avais donné ma version aux flics, votre père ne serait jamais mort en prison. C'est vous qui la méritiez !

Étourdi par cette réplique argumentée et pertinente, relatant avec exactitude le contexte du suicide de sa mère, Georges comprit que le repentir n'était pas dans l'ADN du bonhomme. Alors le bon sens s'échappa de son esprit, laissant la place à une rage implacable. Une nausée l'envahit : pourquoi accorderait-il son pardon à ce *type* à ses yeux encore plus détestable que tout à l'heure ?

— Et vous, vous seriez accusé de non-assistance à trois personnes en danger. Pauvre *mec* ! Savez-vous ce qu'un gamin de quinze ans ressent quand il voit, impuissant, sa maman se jeter dans le vide sous ses yeux ? Alors, taisez-vous, salopard !

Le temps d'une éclipse, il eut la vision du corps de sa *pauvre mère*, martyr, fracassé, recroquevillé dans une large tache de sang, sur la chaussée au pied de l'immeuble de la « Cité des Bleuets ».

Secoué à l'extrême par une montée d'adrénaline, comme un robot déprogrammé, sa mâchoire se serra, un haut-le-cœur éclaboussa tout son corps. Une pulsion incontrôlable le saisit, lui donna la force d'enserrer les épaules du *mec*, de l'entraîner sans difficulté du fait de leur différence de taille et de poids, une main sur sa bouche, au bord de la fenêtre ouverte qui permettait d'aérer le bureau à la fraîcheur matinale.

— Tu comprends maintenant l'horrible trouille que j'ai ressentie quand je l'ai vue enjamber la fenêtre ?

Des scènes de son enfance remontèrent à la surface : la honte, les peurs, la déchéance de son père, la mort de sa sœur, son impuissance à retenir sa mère à se jeter dans le vide et l'incommensurable chagrin qui le poursuivit... En sueur, sans maîtrise de son émotion, il le fit basculer du quatrième étage de l'immeuble bourgeois dans lequel est situé le cabinet d'affaires... Un cri d'effroi, et une poignée de secondes plus tard, le corps du *type* s'écrasa sur le trottoir de l'avenue Garibaldi.

L'humiliation, les vexations, le front baissé et les *vaches maigres* de son passé ne l'avaient pas quitté, toujours il en était imprégné et leur poids pesait toujours sur ses épaules. Quoi qu'il fasse, en souffrance, Georges restait leur proie et gardait l'habit rapiécé du *gone* des cités.

Mais avec le temps, toute la honte et la rancune accumulées avaient muté en sentiment de vengeance.

Au cours de l'enquête policière, par son habileté et son brio à plaider, Georges mit aisément l'inspecteur dans sa manche – large manche d'avocat comme il va de soi. Subtilement, sans la moindre hésitation, il donna à ce voisin *détestable*, l'habit d'un homme d'honneur, mais à la fragilité mentale :

« C'est une ancienne connaissance de plus de vingt-cinq ans que j'avais perdue de vue depuis longtemps. Cet homme s'est présenté ce matin à notre cabinet pour un conseil immobilier. Je l'ai reçu, nous avons échangé quelques souvenirs, et c'est en évoquant la défenestration de ma mère, provoquée par mon père dans une crise éthylique, qu'il changea d'attitude. Nous étions voisins de palier et il appréciait énormément maman pour son courage et son abnégation. Il m'a affirmé qu'il avait difficilement accepté les conditions de sa mort… Il s'est longtemps reproché, m'a-t-il dit, son manque d'attention, de courage, et son silence coupable à l'égard de notre famille qui souffrait. Ce remords l'a fragilisé, et d'après ses propos et quelques confidences, manifestement il en portait encore les traces. Me revoir ce matin a sans doute réveillé son ancienne douleur. Vous savez aussi bien que moi qu'un moindre grain de sable peut faire dérailler un être humain… Surtout que depuis quelque temps le litige qui l'opposait à un voisin irascible le tracassait pas mal... »

Malgré l'incompréhension de l'épouse par rapport à cette mort brutale, qui reconnut toutefois que le suicide de cette voisine les avait humainement fortement affectés pendant une longue période, elle défendit ardemment la mémoire de son époux. Elle contesta la version donnée par la police. Elle soutint sans équivoque la solidité mentale de l'homme qu'elle avait épousé il y avait presque trente ans ; complicité et respect constituaient le socle de leur union. Leur fils conforta fermement ses dires, mais malgré ce témoignage et les arguments donnés, l'enquête judiciaire conclut à un coup de tête suicidaire irrépressible.

Bien que G.H., en travestissant laidement la vérité, sortit pénalement blanchi, l'immonde acte criminel qu'il commit ce jour-là resta ancré en lui, et rien ne put gommer de sa mémoire ce moment de folie meurtrière qui le plaça à tout jamais sur le banc des assassins.

IV

Marie-Anne
(La pucelle d'Orléans réincarnée)

Peu à peu de la rive je m'éloigne, solitaire,
Sans ancrage, dérivant comme un vieux loup de mer
Sur une eau monotone ; les phares et leur lumière
Où sont-ils ? J'aimerais tant faire machine arrière.

1

À la fin de ce week-end, toujours alangui sur son lit, encore à rembobiner la pelote de souvenirs, Georges, par peur que sa théorie selon laquelle *une confession en appelle souvent une suivante, plus insensée, plus cauchemardesque* ne se réalisât, par défi avait cadenassé l'inavouable en lui. Mentalement, en bourrage de crâne, il se persuadait que l'abject aveu demeurerait ainsi à tout jamais bien au chaud au sein de la boule de souvenirs. Il y avait fait un solide nœud afin d'éviter que la bobine de honte ne se déroulât davantage. Et puis, il espérait aussi que la fougueuse et pitoyable histoire vécue avec Marie-Anne séjournerait sans bruit et sans vagues, chaudement emmitouflée au cœur de la pelote à remonter le temps.

Il médita sur sa vie. Il l'assimila à un triste roman dont l'épilogue s'avère surprenant et redoutable. Pour chasser le passé et pour éviter la vision de ce mauvais film au tragique scénario et aux images sombres, il ferma les paupières, puis il s'assoupit avec une pensée émue pour celle qu'il aima dans une bergerie de la montagne du Queyras et qui neuf mois plus tard enfanta de Méline. C'était lui, le personnage principal de ce triste film.

C'était lui qui détenait la réponse sur la parenté biologique de Méline. Mais cet aveu qui mettrait un terme à son épuisante quête, il désirait dorénavant l'étouffer, par manque de courage et par crainte de sa réaction. Taire à tout prix cette confidence que son cœur de père désirait pourtant faire à Méline : *le même sang coulait dans leurs veines.*

Voilà, l'heure envoûtante mais aussi oppressante où le soleil dans l'espace, centimètre par centimètre, éclat après éclat disparaît derrière la montagne de Dun. Dans cette paisible contrée à la verte couleur, aux sources cristallines, au silence résilient et salvateur, le bleu du ciel se dégrade, des traces rougeâtres maquillent le firmament, puis l'ombre du crépuscule bientôt se mêlera à la lumière, l'absorbera, et le jour sans la puissance du soleil se perdra dans le sombre.

Allongé sur son lit, Georges frissonna sous l'effet de la fraîcheur qui rentrait par la fenêtre ouverte et par l'effet d'une souffrance morale qui par intermittence transperçait comme un faisceau sa mémoire, la réactivait et permettait aux réminiscences de se cramponner.

Les mains en croix sur son torse, la musique en sourdine qui s'est tue, en pensant à son existence d'avant et à son désastre, il se demandait si tout cela n'était pas qu'une sinistre blague, tant son histoire ressemblait à un patchwork absurde, composé de bouts de tissus hétéroclites retraçant des scènes à dormir debout. Mais bien qu'accablé de fatigue, espérant que vînt le sommeil, sa mémoire têtue, qui jamais ne purgea les méfaits qu'il commit, scandait un flash-back sur son passé.

Depuis ce matin funeste de l'été 1995 qui, de son bureau, l'a vu projeter dans le vide le *détestable type,* l'idée d'être un meurtrier de sang-froid le déchirait. Fallait-il trois morts à son actif pour compenser le passif de son destin ? Si l'au-delà existait, que penserait sa mère en flânant au-dessus de sa tête ? Son âme, où était-elle ? Et dans sa nuit éternelle, en lumière ou en étoile filante, le blâmait-elle ? Il avait pourtant tellement besoin de son aile protectrice !

Après ce jour et son acte impulsif, il se retrouva mentalement au bord du précipice. Son avenir s'obscurcit. Son épouse assistante sociale, qui connaissait son enfance douloureuse – dans l'ignorance toutefois de l'accusation qu'il portait contre son père – et qui l'épaula de tout son amour pour qu'il sorte socialement du caniveau, intuitivement douta de la version qu'il avait relatée et donnée à la police quant à la scène de défenestration de son voisin d'antan. Elle connaissait ses montées d'adrénaline à l'évocation de sa jeunesse tragique, marquée au fer rouge de la honte.

Son déni et ses réponses évasives aux questionnements de son épouse aggravèrent durablement ce doute qui s'était insinué entre eux.

Le couple s'autorisa quelques entractes afin de faire retomber une tension trop vive, mais les faux-fuyants de Georges et ses feintes avec le réel renforcèrent les soupçons de sa conjointe. Alors, la suspicion de son acte meurtrier prit le dessus sur les sentiments et la confiance. Les brèches qui s'étaient ouvertes avaient fragilisé les fondations de leur union ; par un phénomène de distorsion, tout l'édifice se fractura.

Le rejet de celle-ci de vivre avec un mari qui aurait peut-être tué un homme brisa leur complicité et détruisit leur mariage bâti tacitement sans liens de subordination et au sein duquel chacun trouvait son compte. Leur vie devint un cauchemar. Six mois plus tard, ils se séparèrent. Ils optèrent d'un commun accord pour une séparation de corps qui leur semblait moins traumatisante, avec la garde de leur fils confiée à la maman.

Dans cette épreuve, elle trouva soutien et refuge auprès de sa sœur aînée en région parisienne, et rapidement un emploi d'assistante sociale qui se libérait à la préfecture de Paris lui fut proposé.

Après le départ de son épouse, implacablement, en résurgence rejaillissait dans le clair-obscur de sa mémoire l'impossible vérité verrouillée en lui, sur les manœuvres et les agissements criminels qu'il avait commis entraînant la mort de trois personnes.

Dans la deuxième quinzaine du mois d'août 1997 le saisit un irrésistible besoin d'évasion. Le mensonge, la tromperie assumée ainsi que les tours de passe-passe qui lui avaient permis de flouer son entourage le désagrégeaient littéralement. Il ne supportait plus de vivre dans le faux des situations et le leurre de sa vie ;

une pause devenait salutaire. Il opta pour une coupure d'une douzaine de jours et partit se réoxygéner les neurones dans la solitude des hauts massifs des Alpes du Sud.

Avec son sac à dos de rando, cheminant de refuge en refuge d'altitude, cette quête de vérité envers lui-même lui permettait de se reconnecter aux choses essentielles de l'existence : « Bonjour et merci la Vie », disait-il en rengaine chaque matin en repartant sur les sentiers balisés du Queyras. « Le bonheur c'est si peu de chose », philosophait-il, le front en sueur et les cuisses en souffrance, quand il entendait le sifflement aigu d'une marmotte en vigie sur un rocher, quand il s'émerveillait du vol d'un tétras-lyre dans l'azur du ciel, ou quand il apercevait en marge du sentier une touffe d'edelweiss, la fleur emblématique et protégée de l'endroit.

En solo, l'ego domestiqué par l'intense effort physique, à l'écoute de la nature et au contact intime de la beauté sans fard des montagnes, il vivait son existence en direct sans écran interposé ni lumières artificielles qui rendent les laideurs de la vie acceptables. Il avait l'impression suprême de reprendre la main sur sa destinée, avec un moral qui de jour en jour se fortifiait. Alors, que lui semblaient loin et imbéciles la course aux compliments et aux invitations mondaines, les discours aux hypocrites félicitations, les sourires forcés et poignées de mains des faux amis !

Grisé. Dans cet espace montagnard, onirique, apaisant, à la généreuse pureté de l'air, sous un vent du sud revigorant, sans résistance il se laissait emporter dans une autre dimension par la magie de ce milieu fabuleux. Réceptif à ce message subliminal, il éprouvait la sensation de redevenir celui que sa mère avait enfanté, l'homme qu'il était réellement, à des années-lumière de l'image caricaturale qu'il renvoyait à son entourage : l'image d'un avocat glorieux, talentueux, infaillible et envié.

2

En milieu d'après-midi de son septième jour d'évasion sur les rudes sentiers alpins et en volontaire solitude, tonnerre et zébrures dans le ciel du Val d'Escreins – un écrin du Queyras à proximité du col de Vars, le terme de son étape du jour –, annonçaient un orage brutal. En quelques minutes, de violents souffles d'air et de gros grains d'une pluie cinglante compromirent la fin de sa randonnée.

Chanceux, au travers de la bourrasque, à une centaine de mètres du sentier balisé, il devina proche d'un enclos de moutons, une bergerie d'estive, au toit de tôles ondulées et aux murs grossiers en pierre. Georges, enhardi par la crainte de la foudre et les fortes rafales du vent, frappa à la porte de cet abri providentiel. À ses paroles de SOS de randonneur en détresse, la porte s'ouvrit timidement et apparut une jeune femme élancée, aux cheveux courts châtains, aux yeux verts pétillants, au bronzage des gens qui vivent dans les montagnes à l'air vivifiant.

Elle le fit entrer. Il posa son sac de rando, il se sécha, elle lui offrit un bol de café qui le réchauffa. En souriant, d'une petite voix sans accent particulier, elle lui dit :

« *Cette pluie d'été est la bienvenue pour la nature et pour mes moutons, dommage pour les touristes et les randonneurs, mais dans les alpages l'herbe est si jaune que nous en avons besoin pour sauver la transhumance... »*

Le temps que le vent chasse les nuages toujours menaçants et que se calme la fureur du ciel, cette bergère avenante au look du siècle présent, lui offrit l'hospitalité d'un moment – mais cet orage soudain d'un été caniculaire était-il un signe de mauvais augure écrit avec rage par la main du destin ?

Le jour déclinait, et comme les conditions climatiques ne s'amélioraient pas, avec humanité elle lui proposa le couvert et le gîte pour la nuit. Elle se prénommait Marie-Anne. Dans l'intimité et la pénombre de la bergerie sans confort et à l'odeur de foin mouillé, Georges songea que ce soir, le hasard se montrait avec lui particulièrement bienveillant et coquin.

À l'extérieur l'obscurité s'installait ; au loin résonnaient encore quelques sourds échos de l'orage. À proximité de la bergerie, le lit du ruisseau transformé en torrent charriait bruyamment toutes les eaux de pluie provenant des sources, des cascades et du sommet des montagnes du Val d'Escreins.

Au cours de leur repas frugal, Marie-Anne livra peu de choses sur elle. En revanche, elle parla avec fougue de la liberté solitaire qu'elle choisissait chaque été en devenant bergère et en oubliant temporairement les contraintes toujours plus fortes de la vallée. Elle évoquait aussi, avec un œil franc, un doux regard et une évidente sincérité dans la voix, son amour du Queyras authentique *« une pauvre terre, mais riche de ses mélèzes et surtout des gens solidaires, aux belles valeurs qui y vivent* ».

Elle avait vingt-quatre ans et depuis la fin de son adolescence, dès le printemps terminé, elle prenait ses quartiers d'été chez un oncle paternel, fermier dans la vallée du Guil, afin de participer aux estives. Orléanaise, ainsi elle troquait pendant quelques mois sa vie de citadine contre celle de bergère, en réponse à son attente spirituelle et de méditation.

Georges, quant à lui, évoqua sobrement son parcours professionnel, son désir temporaire d'évasion pour raison de stress, en cachant le profond malaise qu'il ressentait depuis le départ de son épouse pour Paris et en cuirassant le motif réel, inavouable, qui avait provoqué leur séparation de corps.

Dehors la pluie avait cessé. Le vent s'était calmé. La nuit humide et brumeuse avait enveloppé les montagnes et cernait la modeste bergerie ancestrale habituée aux brusques embardées du ciel. Georges, la peau frileuse, dormit dans une des deux couches étroites de sa charitable hôtesse ; un épais rideau jaune servait de paravent.

Quand la baladeuse s'éteignit, loin de se plaindre de son sort, il fut troublé de sentir à quelques dizaines de centimètres de son lit sommaire, la présence confiante de Marie-Anne. Lui qui vivait tranquille pour son avenir dans le confort financier et matériel, appréciait les conditions spartiates de la bergerie, sans toilettes, où on se lavait à l'eau de source, réclamant de nombreuses précautions pour préserver sa propre intimité. Sans vice et en respect, savoir la jeune bergère à portée d'un souffle et de sa main le réjouissait. Avant de s'endormir, il pensa que la vie était facétieuse.

Mais, pour une bergère la nuit est courte, son sommeil est réglé sur le rythme du soleil. Elle se leva à la pointe du jour. Après le café et un rapide petit-déjeuner, Marie-Anne indiqua à Georges quelques randonnées à effectuer dans le Val d'Escreins. Elle lui fit part de son expérience afin de surprendre chamois et autres merveilles de la faune sur les versants de la montagne.

La météo annonçant encore pour la fin de la journée de violents orages, à sa grande surprise elle lui proposa, s'il le souhaitait, de revenir comme la veille au soir coucher dans son humble gîte montagnard. Bien qu'il n'en crût pas ses oreilles, il accepta cette proposition sans hésiter. Cette jeune femme, pour laquelle son cœur vacillait déjà de tendresse, l'intriguait.

En reprenant son sac de rando, fugacement il imagina que cette invitation était peut-être le prélude à une romance. En connexion, deux solitudes à la recherche d'une paix intérieure et enclines à la remise en question de la civilisation actuelle ne peuvent-elles pas s'aimer ? Ne serait-ce que le temps que dure une fin d'orage, dans l'attente du retour du beau temps ?

À cette divagation sentimentale, la réponse intervint le soir même, à l'abri de l'orage menaçant.

Dans la bergerie à l'espace restreint éclairé par une lampe à pétrole et quelques bougies parfumées, l'atmosphère changea. Marie-Anne et Georges, comme deux connaissances de longue date, échangèrent sur de nombreux sujets. Leurs opinions se rejoignaient sur certaines questions d'actualité. Sans esquive, ils partagèrent une partie de leurs rêves et leurs déceptions sur la réalité du monde. Malgré leur différence d'âge, tous les deux sans ambiguïté cherchaient un point d'ancrage.

Elle lui parla longuement de sa passion pour Jeanne d'Arc, « la bien nommée pucelle d'Orléans ». Mystiquement, un idéal les unissait. Elle admirait son abnégation, sa force mentale et sa foi religieuse qui lui permirent, guidée par des Voix, dit-on, de délivrer Orléans du joug militaire des Anglais. Marie-Anne la vénérait tellement, qu'à ses dix-huit ans elle avait incarné cette héroïne aux rituelles Fêtes johanniques organisées à Orléans chaque année au début du mois de mai.

Vêtue à la Jeanne d'Arc, c'est-à-dire en *cheffe de guerre* portant l'étendard, Marie-Anne avait fière allure sur son cheval en défilant dans les rues de la capitale du Val de Loire. Une photo – seul document photographique dans la bergerie – témoignait de cet événement.

Sa passion pour Jeanne d'Arc débuta à quinze ans dès son entrée au lycée. Aussi pieuse qu'elle, elle assura à Georges que c'est sans doute pour se rapprocher encore un peu plus de ce personnage historique, à l'image légendaire d'une bergère, qu'elle aimait garder chaque année les moutons de son oncle dans les alpages du Queyras. Ici, à deux mille mètres d'altitude, où tout semble d'une beauté absolue telle une grâce de l'éternité intemporelle et inattaquable, elle se sentait, comme elle l'affirma avec un léger sourire mais un profond regard, plus proche des Cieux et de la Providence.

Au comble de la ressemblance qu'elle voulait sublime avec son héroïne, et dans sa quête de vérité spirituelle en ce siècle décadent et plutôt impudique, aux bonnes mœurs caduques, Marie-Anne opta dès l'adolescence pour l'abstinence sexuelle. Prisonnière de sa passion, elle laissait dans l'errance les sentiments amoureux qu'elle ressentait parfois pour certains soupirants. Elle résistait au désir des sens qui à l'improviste la submergeait et inondait son ventre.

Évidemment, cette question délicate relative à la jouissance et au plaisir charnel ne fut pas évoquée avec Georges, ce soir-là… Mais il comprit que recevoir l'amour d'un homme pour connaître l'orgasme n'était pas pour elle. Et puis, comme tant de choses, le septième ciel n'est-il pas qu'une légende ?

Finalement, Georges resta cinq jours en *pension* sous ce toit montagnard de bonne fortune. La journée dans les alpages, Marie-Anne lui apprenait le comportement des marmottes, le rôle de régulateur du tétras-lyre et des rapaces. Elle lui expliquait l'intérêt primordial et irremplaçable de la faune et de la flore pour la préservation des paysages d'altitude, mais également les dangers de la montagne. Avec un doigt sur sa bouche, elle lui enseigna la grandeur et les bienfaits du silence, de quelle manière se l'approprier et le respecter.

Elle le fit s'émouvoir, quand elle lui parla avec une lueur intense dans les yeux de son rêve à voir tournoyer autour d'elle le très éphémère et rare papillon « *L'Isabelle* », la fierté du Queyras, à la fragile beauté et à l'apparence d'un vitrail volant. S'il se posait une fois sur une de ses mains :

« … d'émerveillement, je ferais un vœu d'éternité, mais je sais que les miracles sont rares, même si j'espère que l'impossible est à venir ! Surtout que ce coquin ne sort de sa cachette qu'au crépuscule », dit-elle la voix basse prise d'émotion.

Soir après soir, une familiarité *bon enfant* s'était installée entre eux ; elle réchauffait l'ambiance. Sa candeur, son humilité et la confiance qu'elle lui témoignait subjuguaient Georges. Sensible à sa féminité, à ses yeux verts pétillants si expressifs, sans résistance à opposer aux sentiments, dans son cœur vibrait une corde de plus en plus sensible ; il aimait cette promiscuité vertueuse avec Marie-Anne qui possédait une féconde vie intérieure.

En peu de jours, sans qu'il s'y préparât, elle avait fait chavirer son cœur.

La dernière nuit, couché à quelques soupirs de distance de *sa* bergère à la peau ensoleillée et à l'envie mystique de ressembler avec la même bravoure à la Pucelle d'Orléans, il souhaita ardemment que tombât le rideau jaune qui les séparait. Son épaisseur était-elle une frontière infranchissable pour que leurs deux corps nus s'apprivoisent et que la ronde douceur de ses seins enflamme son torse ? De l'autre côté du rideau, il entendait sa respiration et cela l'excitait. En lui, l'instinct du mâle se réveillait ; la bouche et le sexe en feu, il la fantasmait dans ses bras aux caresses de braise…

Alors il se leva, sans brusquerie écarta le rideau, sous la couette blanche de Marie-Anne il se glissa. Surprise, effarouchée, elle tenta de lui résister : *« non, je t'en supplie ne fais pas ça, je ne veux pas… »*. Mais déjà il la respirait, l'embrassait de toute son avidité. Contre sa poitrine nue il sentait les battements du cœur de sa proie s'affoler, mais qu'importe ! Un amour incandescent brûlait à l'intérieur de son être. Elle était vaincue ; avec force il la positionna sans un mot sous lui. Un torrent de désir dans les veines noya ses scrupules.

Face au crucifix accroché au mur de l'alcôve, avec en dessous cette inscription écrite de la main de Marie-Anne : « Le Seigneur est mon berger, rien ne saurait me manquer », il resta sourd à ses protestations et à ses larmes, et il commit l'impardonnable.

Avec des sanglots dans la voix, Marie-Anne, de ses mots de victime accabla Georges, le qualifiant « d'homme cynique sans foi ni honneur et de misérable crapule ». Alors, son appétit charnel rassasié, son plaisir sexuel consumé, il prit conscience qu'il venait de commettre un viol.

« *J'avais confiance en toi, trop, sans aucun doute. Je me suis trompée, tu es comme tous les autres mâles, comme eux tu as l'instinct bestial, il n'y a que la chair qui vous intéresse. Néanmoins, rassure-toi, je ne porterai pas plainte pour cette agression sexuelle. Je ne veux pas de scandale, car je ne te l'ai pas dit, mais j'ai l'intention de rentrer dans les ordres, d'offrir mon existence à Dieu et de satisfaire mon besoin d'absolu. Je vais entrer au couvent dans quelques mois, et c'est, en ce qui me concerne, le plus essentiel. Je ne souhaite pas que la communauté que je vais rejoindre apprenne par un procès en justice l'épisode de cette nuit. Mais à compter de demain je ne veux plus jamais te revoir.* »

Et pourtant, dans les moments suivants, malgré son âme vertueuse et la sentence implacable qu'elle avait prononcée – ô combien justifiée –, irrationnellement, malgré l'étreinte animale et la « torture d'amour » qu'il lui avait imposées, elle lui prit la main. Le secret impénétrable qui se cache en nous, on ne sait où, défia sa conscience qui la sermonnait :

« *C'est le diable, chasse-le de ta couche, sinon tu le regretteras* ».

Avec la promesse de Georges de maîtriser ses pulsions et les cajoleries malavisées, elle ne le chassa pas de son lit. Au contraire, il avait réveillé son instinct de femme, et dans un élan inattendu c'est elle qui se blottit câlinement contre lui. Il posa ses lèvres sur son front, la chaleur du souffle de Marie-Anne caressait son cou et encore le troublait. Quel enchantement de sentir sa chair douce et chaude contre la sienne ! Il crut par instants, mais l'esprit engourdi n'était-ce qu'un songe, qu'elle lui murmurait des paroles de tendresse, et il eut l'impression que des soupirs d'aise s'échappaient de sa poitrine.

Du plus profond de son être tout son corps se relâcha et comme une grâce elle s'endormit dans ses bras.

Aux premiers rayons du soleil, quand ils se levèrent, Georges constata une tache rouge rosé sur le drap de la couche de Marie-Anne. Confus, il devina son ignorance de la sexualité et comprit que cette nuit il l'avait déflorée ; elle avait perdu sa chasteté sous son corps de mâle en plaisir. Alors, gauche et l'air empêtré, il la pria de lui accorder son pardon pour son amour brutal, elle lui mit un doigt sur sa bouche : *« n'en parlons plus, et puis je n'ai pas encore prononcé mes vœux de chasteté… Mais après le café, je veux que tu partes »*.

Il fit son sac de rando en silence, car les mots lui manquaient ; dans ses bras il la serra de longues secondes. Qu'il aimait son corps élancé, bronzé, parfaitement proportionné ! D'un baiser il effleura ses lèvres. Marie-Anne, de ses deux mains enserra sa tête, et lui dit : « *Adieu, Georges, ne m'oublie pas. Que le Seigneur te pardonne et te protège* ! ». Il caressa les deux chiens vieillissants, mais compagnons infatigables de la bergère, qui s'étaient habitués à sa présence auprès de leur maîtresse. Il ajusta le sac de rando sur ses épaules et il partit sur le sentier balisé en rouge et blanc rejoindre la vallée.

Après quelques dizaines de mètres de descente, irrésistiblement il se retourna pour une dernière image de cet endroit d'une magistrale beauté, afin de l'imprimer dans sa mémoire ; le toit en tôle ondulée brillait sous le soleil matinal. « *Quel beau ciel au bleu si limpide ! La journée sera chaude, risque d'orage ce soir* », pensa-t-il.

En bordure de la bergerie qui paraissait si minuscule dans ce cadre grandiose, les deux chiens en garde sur le flanc jauni de la montagne le regardaient s'éloigner. Machinalement, il leva un bras pour leur adresser un dernier salut. Traînant dans son cœur un abominable fardeau, il poursuivit son chemin, pressentant que son destin au cours de ces derniers cinq jours venait de basculer sur une autre pente de la vie.

De retour à Lyon, dans le calme chez lui ou dans le bruit au milieu de la foule anonyme et sourde de la ville, avec honte et un infini remords pour sa pulsion sexuelle et son crime, souvent il songeait à Marie-Anne, à sa passion pour Jeanne d'Arc, à sa force d'âme, son besoin d'absolu et à sa foi inflexible. Son rêve candide de *L'Isabelle*, ce papillon solitaire comme elle, et son espoir qu'il vienne un jour se poser sur une de ses mains, parfois la nuit le réveillaient.

Mais sa mauvaise conscience le ramenait à la réalité en lui interdisant de tenter de la contacter, alors que sa petite voix le persuadait que c'était le prix à payer pour le rachat de son acte de violence sexuelle. Néanmoins, malgré sa conscience, malgré l'éprouvante confusion morale qui le minait intérieurement, il aurait aimé poursuivre cette aventure estivale avec elle sur les hauteurs du Queyras, à Orléans, Lyon ou ailleurs !

3

Quatre semaines plus tard, c'est Marie-Anne qui, à regret comme chaque fin d'été, plia bagage, se détacha de sa passion du pastoralisme. Elle quitta le refuge solitaire baignant dans le silence, abrité dans un écrin majestueux d'élégance où, à l'écoute de la nature l'existence retrouve comme par magie son sens : *« voilà, c'était ma dernière saison ici, l'an prochain j'aurai pris le voile »*, gambergea-t-elle, en remettant la clé de la bergerie à son oncle et en embrassant ses deux compagnons canins.

À son tour, elle redescendit dans la vallée, mais contrairement aux autres saisons d'estive, elle se sentait particulièrement fatiguée, avec des sautes d'humeur et de fréquentes nausées, notamment matinales, qui la remuaient. Elle mit cela sur le compte de l'ignoble et dégradante agression sexuelle que Georges lui avait fait subir. Toujours éprouvée mentalement, elle supposait que son psychisme conditionnait négativement son enveloppe corporelle.

À Orléans, cette sensation de lassitude persista, de fait elle reprit poussivement son activité libérale de traductrice / interprète de langues allemande et anglaise. Sa fatigue ne s'apaisant pas, des maux de ventre se manifestant, un rendez-vous chez son médecin s'imposa. Celui-ci la pétrifia en lui annonçant son état de grossesse. Clouée sur place, elle ne put retenir ses larmes. Le toubib jamais ne sut si elles étaient de joie ou d'infortune.

À la sortie du cabinet médical, elle se dit que sa conscience, encore une fois, avait eu raison. C'était le diable qu'elle avait hébergé dans son refuge alpin qui avait sexuellement abusé de son corps et avec frénésie l'avait avilie au plus profond d'elle-même.

Ses croyances religieuses et sa foi sans bornes lui défendaient l'avortement. Sa rigueur spirituelle affirmait que chaque être vivant est une création de Dieu, la vie était donc à préserver coûte que coûte. En vertu de ses convictions divines absolues, Marie-Anne décida de porter dans son ventre cet enfant.

« *Il sera mon épreuve et ma croix, une rédemption pour le salut de mon âme* », jugea-t-elle.

Si un grand désarroi s'empara d'elle, en revanche, rien ne pouvait la détourner de sa volonté infaillible de prendre le voile et *d'épouser* le bon Dieu en lui restant fidèle. Aussi, dans les mois de sa grossesse, une force supérieure à toute énergie humaine, occultant le moindre doute, la poussa à envisager l'abandon de l'enfant dès sa naissance, en faisant confiance à la Providence afin qu'elle veille sur lui et le protège.

Cette décision assumée fut irrévocable. L'amour maternel ne pouvait rivaliser avec son amour pour Dieu.

Le jour où elle quitta la maternité, prise de remords, elle téléphona à Georges à son cabinet d'avocats, pour lui annoncer sa paternité.

— Bonjour, Georges, c'est Marie-Anne, la bergère du Queyras.

….

— Pardonne-moi ce blanc et cette hésitation à te répondre, mais quel étonnement et quelle bonne surprise de t'entendre !

D'une voix neutre et lasse, avec un accent de résignation, elle répliqua en évitant reproche et accusation :

— Surprise est en l'occurrence le bon mot, mais je doute qu'elle soit à ta convenance. Je suis sortie de la maternité où j'ai accouché il y a cinq jours d'un bébé de sexe féminin – juste neuf mois après le mois d'août – et je t'annonce que c'est ta fille.

Éberlué par cette affirmation sidérante, son cœur s'emballa avec l'impression que la réalité lui jouait une mauvaise blague, il lui fallut à nouveau quelques instants pour se ressaisir :

— Mais Marie-Anne, pourquoi me l'annoncer maintenant, après la naissance ? Tu aurais pu m'informer de ta grossesse ! Je t'aurais aidée. Je suis effaré par ton silence !

— Après ton acte ignoble, quelle confiance pouvais-je t'accorder ? Je ne voulais plus te revoir. Alors j'ai décidé de garder le fœtus et d'enfanter. Mais tu connais ma vocation et mon vœu plus fort que tout de consacrer ma vie à notre Créateur. Aussi, en respect de mes convictions il n'était pas question que j'avorte, alors j'ai décidé d'enfanter et d'abandonner l'enfant qui est né sous X.

— C'est pas possible ! T'as pas pu avoir le sang-froid de faire ça ! Si c'est vrai, alors c'est monstrueux, autant que l'agression sexuelle que j'ai commise sur toi !

— J'en ai conscience, et c'est la raison de mon appel. J'ai caché tant que j'ai pu ma grossesse, j'ai cru que c'était la meilleure solution pour que je puisse intégrer une communauté religieuse sans le regard accusateur de mes proches et de tous les autres. Demain, je quitte le Loiret, un monastère loin d'Orléans m'attend. Alors si tu le veux, tu peux reconnaître ce bébé, il suffit que tu prennes contact avec la maternité du CHU d'Orléans. Au moins, elle aura son père biologique.

Georges savait qu'elle ne mentait pas, que la loi divine et son amour pour Dieu – invisible et introuvable pour lui – primaient pour elle sur l'autorité civile et républicaine, et que ce n'était pas la vengeance envers lui qui l'avait conduite à prendre cette épouvantable décision. Par ailleurs, la date de l'accouchement – à quelques jours près, neuf mois après cette nuit où une pulsion incontrôlable le transfigura et le marqua de l'image indélébile d'un violeur – rendait complètement plausible l'idée qu'il fût le géniteur de ce bébé.

— Alors là, tu me désarçonnes. C'est inimaginable et cette séquence est surréaliste ! Si tu pars, comment veux-tu que je reconnaisse cette petite fille ? J'espérais tant te revoir pour qu'enfin tu me pardonnes ! Je t'assure que souvent je pense à toi. Mais il n'est peut-être pas trop tard. Cet enfant qui vient de naître n'est-il pas un cadeau de la Providence pour que nous le reconnaissions tous les deux et que nous l'abreuvions de tout notre amour ? Faut-il en caricature, confier cet ange venu au monde au bon vouloir des *Cieux*, ainsi que tu sembles le souhaiter ? Sommes-nous des parents si lâches ?

Mais la foi irréversible de Marie-Anne était plus forte que les arguments de Georges et que le cadeau de la vie qu'elle porta neuf mois en elle :

— Désolée, Georges. À toi dorénavant de décider quel sera son sort. Ma décision est irrévocable. Pour toujours adieu, je prierai pour vous deux.

Elle raccrocha.

Originaire et élevée dans un bourg rural proche d'Orléans, elle avait grandi au sein d'une famille austère, modeste mais dure à la tâche, aux mœurs encore patriarcales profondément attachées aux traditions séculaires, respectueuses sans faiblesse des dogmes de la religion chrétienne. C'est dans cette ambiance terrienne, de sobriété, de foi religieuse que son mysticisme s'épanouit. Très tôt dans sa jeunesse, elle aimait s'isoler dans la nature ligérienne et se complaisait dans la méditation. Ce sont les cours de catéchisme qu'elle préférait, et elle lisait avec avidité les livres de spiritualité qu'elle pouvait se procurer.

Dans ces manuels, elle trouva le goût de la contemplation, de la prière ; elle y rencontra la grâce.

La rebutaient les jeux puérils, les intrigues amoureuses de l'adolescence. C'est l'année du baccalauréat qu'elle a décidé de faire le don de son amour et de sa vie à Dieu.

Il fallut quelques jours à Georges pour faire le point sur cette *surprise* – pas si divine que ça –, mesurer les conséquences sur sa vie sociale et professionnelle s'il enclenchait la démarche de reconnaissance de cette enfant : la sienne, abandonnée sous X.

Bien qu'il fût certain que le même sang les unissait, son ambition et la pression du monde dans lequel il évoluait s'avéraient trop fortes ; son quotidien ne tolérait aucune contrainte, aucun bâton dans les roues. Alors, en homme indigne il ne leva pas le petit doigt pour assumer sa responsabilité de géniteur. Il se déroba, et il décréta que sa progéniture ne connaîtrait jamais le secret de son identité, ni sa filiation, ni son histoire, ni d'où elle venait.

Mais depuis vingt-quatre ans, sans le pardon de Marie-Anne, que de nuits délirantes aux heures blanches, avec en chapelet les mêmes séquences diaboliques reproduites en décalcomanie par une main invisible, projetées en kaléidoscope sur les murs de sa chambre !

Et en quête d'oubli, comment déprogrammer la nuit pour que n'apparaissent plus, comme des balises fatidiques, le visage de *sa* bergère aux mots tremblants de panique, et son corps se cabrant en tentant de résister dans la couche de la bergerie d'alpages à son étreinte en fièvre, à son crime sexuel ?

Et par la suite, comment échapper au tourment récurrent de la vision d'un ange et à celle de la risette d'un bébé, qui semblent transparaître dans la verte lumière phosphorescente du réveil, lui disant affectueusement dans une lueur au-dessus de son lit cette sempiternelle supplique : « *papa je t'attends toujours, viens me chercher* » ?

Alors oui ! À cette jeune femme, Méline, pour laquelle il a immédiatement ressenti un étrange feeling, qui l'a charmé par ses réparties souvent drôles et ironiques, qu'il a hébergée il y a seulement quelques heures dans son antre Brionnais, dont il sait dorénavant qu'elle est sa fille, il s'est résolu par un mail sans grandiloquence à lui confisquer définitivement le droit de connaître son hérédité, ses racines les plus intimes. Mais c'est aussi un message par lequel il tient à lui épargner la souffrance de la honte du *gone* des cités qu'il fut, la salissure de ses cauchemars ténébreux et l'ignominie de tous ses actes.

Car après le départ de ses deux invités de Saint-Racho, à la fin de sa gamberge et lorsqu'il décida de zapper sur son histoire et son projet de biographie qui relève de la psychanalyse, cette pensée l'anima :

« À quoi bon sauvegarder de tels souvenirs en les faisant imprimer sur du papier et encombrer la mémoire de mon « grand bébé X » sans doute au brillant avenir d'auteure ? Effacer mon lourd et terrifiant passé qu'elle n'a pas à assumer, c'est le seul bienfait dont je peux la gratifier. Je dois stopper la circulation de ce sang maléfique porteur de tares irréversibles totalement incurables : celles d'un père à l'âme et aux mains de criminel, et celles d'une mère à la dévotion exaltée qui a trouvé refuge dans les prières et la vie monacale d'un autre temps ».

Voilà, aujourd'hui, son introspection est terminée. Toutes les choses laides et mélodramatiques qui lui ont donné la nausée resteront enfouies à tout jamais au plus profond de son être. Son existence se poursuivra teintée de la couleur sépia, et il ne parlera plus du chaos de son enfance et de son passé sordide.

Il laissera le temps, à la main rigide et silencieuse, effacer les traces de son passage sur cette Terre.

TROISIÈME PARTIE

Taire l'impossible vérité

Des mots ardents, ciselés, sublimes comme caresses sur une peau, qui enflamment les lettres des amants, encouragent les vaillants avec le poing levé. Et des mots rôdeurs, à l'affût, qui blessent sans vergogne.

Brûlures dans une romance, acides dans une larme, souffrances dans un cri, amour dans un murmure ou un serment, que confessent-ils ?

I

Réponse de Méline à Georges

« Je ne crois pas à la vieille rengaine qui dit que comprendre c'est pardonner. Parfois, plus vous comprenez certaines choses, plus elles vous dégoûtent. »

Robert A. Heinlein

1

Volontairement, avec un esprit revanchard, ma susceptibilité n'ayant pas apprécié la surprenante volte-face de G.H., ce n'est que cinq jours après la lecture du mail qui m'informait de son intention de renoncer à son ambition autobiographique que je lui réponds. Je déteste être ballottée et soumise à tous les courants d'air ou positionnée entre le marteau et l'enclume. Or, c'est cela que j'ai ressenti à sa prose, avec des arguments que je peux comprendre, certes, mais qui ne m'ont pas totalement convaincue. Un tel revirement d'opinion et ce changement d'attitude en quelques heures me paraissent pour le moins irrationnels. Ils ne correspondent ni à l'homme que j'avais en face de moi, qui ne sembla pas versatile telle une girouette, ni à l'atmosphère conviviale et de confiance – *« exploratrice de ma conscience »,* me nommait-il – que nous connûmes au cours du week-end dernier et aux confidences qu'il me livra sans *a priori.*

De surcroît, depuis la lecture de son mail extravagant, le personnage a pris à mes yeux une autre dimension avec les informations que j'ai glanées en fouinant sur Internet, notamment sur son parcours et son aura professionnels, et en découvrant entre les lignes ses fortes convictions humanistes ou quelques événements essentiels sur lui : comme sa décision brutale et courageuse de couper les ponts avec son milieu.

J'aurais été heureuse de collaborer à la réalisation de sa biographie et je reconnais que son renoncement m'a causé une vive déception. Mais pour le reste, il m'est difficile de trouver une explication crédible à cette amertume, tant j'ignore la raison pour laquelle ce type à la soixantaine distinguée et solitaire, qui a fui les futilités et les mondanités de ce monde, m'a touchée.

J'ai relu hier soir son manuscrit à la douzaine de feuilles qu'il m'a confié. Son envie inconditionnelle de tout quitter il y a une dizaine d'années : confort financier et matériel, relations amicales, conformisme bourgeois…, pour retrouver sa véritable identité, sans artifices, sans vernis complaisant, force mon admiration. Son désir de transgression et de clarté dans cette société d'apparences et de communication à outrance, avec salamalecs puérils sur forums et réseaux sociaux, me fascine. Je ne crois pas qu'il ait tout envoyé valser par *pétage de plomb*. Aussi, ce désir de transparence exprimé tant lors de nos entretiens à Saint-Racho que dans son manuscrit me paraît en contradiction avec la teneur de son mail. Sans fustiger son attitude, je tiens à le lui faire savoir, en me doutant qu'il gardera pour lui la raison de cette antinomie.

Bonjour Georges,

Vous devez vous douter de l'étonnement que j'ai ressenti à la réception de votre message. La raison que vous évoquez afin de me convaincre du bien-fondé de votre renoncement à l'écriture de votre biographie me laisse perplexe, même si les arguments donnés paraissent plausibles.

Après beaucoup d'hésitation de ma part, il est vrai – mais vous aviez su me convaincre –, collaborer à ce projet m'honorait. Ce contre-pied magistral au goût d'amertume, que vous m'avez adressé, me déçoit vraiment. Sans détours, je tenais à vous l'exprimer.

Soit, je prends acte de votre décision qui semble irréversible et je vous confirme que je ne garderai aucune trace de nos échanges. En revanche, permettez-moi en toute sincérité – et pour sourire malgré tout – de vous faire remarquer que votre histoire personnelle possède toute la saveur pour servir de trame à un haletant roman.

En effet, certains épisodes traités succinctement dans votre écrit, celui-ci bien sûr, ne constituant qu'une ébauche de votre vie, m'ont tenue en haleine ; j'aurais tellement voulu connaître leur épilogue. Je pense entre autres à cette improbable aventure amoureuse avec Marie-Anne, bergère dans le Queyras… et son rêve du papillon l'Isabelle. *Ce passage romanesque m'a émue, mais je dois me résoudre à ne jamais connaître la fin de cette romance, et ce que devint Marie-Anne. Quel dommage !*

Quant à moi, je ne refuserai jamais une nouvelle rencontre tant j'ai apprécié de faire votre connaissance. Alors peut-être à bientôt, dans un prochain salon du livre, proche de votre havre de paix : celui de Mâcon, de Cluny ou celui de La Clayette, à l'occasion de mon prochain roman.

Très cordialement,

Méline

Le téléphone sonne et je n'ai pas le temps de réfléchir et d'évaluer sa prochaine réaction à la lecture de ma désillusion quant à son choix de tout stopper et à ces mots qu'il a écrits : « *il vaut mieux pour tous les deux que nous ne nous revoyions pas* ».

Incontestablement, dans son message, c'est cette phrase qui m'a fait le plus mal. Je sais l'importance des mots, leur puissance de méchanceté, leur pouvoir de séduction et leur capacité à rendre heureux. Et lui aussi, il sait leur vertu ou leur malfaisance, n'a-t-il pas employé lors de notre entretien en face à face, au moins à deux reprises cette expression « *en un mot comme en cent* ». Alors, pourquoi ces mots définitifs ?

C'est mon grand-père André au bout du *fil* qui remet à plus tard cette réflexion :

— Bonjour, ma petite Chérie, es-tu disponible ? Sinon je te rappelle !

— Non, papi, tu ne me déranges pas. Je suis seule pour l'instant, Jérôme est allé chez ses parents, avant leur départ pour deux semaines de vacances dans le golfe du Morbihan.

— Je voulais vous remercier pour la carte postale sympa que nous avons reçue de votre part. À part la grosse chaleur, votre séjour dans le sud des Cévennes vous a emballés, semble-t-il. Je suppose qu'après une telle transition de farniente, vous avez retrouvé les contraintes du quotidien avec difficulté !

— En effet, c'est avec un peu d'appréhension que lundi matin j'ai repris la routine. Mais bon, sans plus, en fin de matinée le rythme était déjà revenu. Ton appel, papi, tombe à pic. Je t'avais parlé avant les vacances de ma rencontre inopinée avec un lecteur au Salon du livre de Mâcon et de son insistance à obtenir mon accord pour collaborer à l'écriture de sa biographie.

— Absolument, je m'en souviens. Je crois même que je t'avais dit que souvent dans la vie les surprises arrivent quand on s'y attend le moins. Et en remontant sur Orléans, vous deviez vous arrêter chez lui, du côté de La Clayette, pour parler de ce projet et faire meilleure connaissance.

— Oh ! Bravo ! Malgré tes dires et ta chevelure toute blanche, je constate que ta mémoire est encore au top et... « presque vieux », tu ne l'es pas encore.

Alors je lui raconte les principales péripéties de notre rencontre et visite à Saint-Racho, bien entendu dans le respect de la confidentialité. J'insiste sur le côté passionnant du personnage, avec une part de mystère qu'il laisse planer sur son histoire, et son courage à quitter la sphère professionnelle et affairiste qu'il a côtoyée pendant presque vingt-cinq ans, pour retrouver son âme d'enfant loin des fausses valeurs, dans la solitude, la simplicité et la beauté du Brionnais. Comme moi, papi ne comprend pas son intention de ne pas donner suite à son projet de biographie, et à sa volonté de ne parler que du présent en faisant table rase de sa vie d'avant.

— Voilà, papi, comment ça se termine, j'avoue qu'après cet épisode, je ne suis plus sûre de rien.

— Je suis bien d'accord, Méline, c'est une décision incongrue et presque malhonnête vis-à-vis de toi et de ton implication. On peut très bien se focaliser sur le présent sans renier son passé !

Je lui parle également de son profil d'avocat très connu sur la place lyonnaise à en croire les sites web et les renseignements disponibles sur la toile le concernant, notamment l'information qui évoque le suicide par défenestration d'un de ses clients, dans son bureau. Je demande à mon grand-père, lyonnais de naissance comme Georges Huasse, si par hasard ce nom lui parle. Il m'assure que non, mais à mon étonnement il fait un parallèle entre sa propre histoire et celle de cet avocat :

— D'après ce que tu viens de me raconter sur lui et son désir de fuir le monde, cela me rappelle mon vécu, et ma disparition de dix-sept ans que j'ai mise en scène avec la complicité d'Annabelle et qui a nourri ton premier roman[4]. Comme tu le sais, je me sentais responsable de la noyade de Jacques, ton père adoptif, et je ne voulais pas assumer mes responsabilités. Alors simplement, je me demande quels coups d'avant ce bonhomme cherche à oublier dans l'isolement en menant une vie de moine.

— Tu as vraiment le goût du fantastique. Mais je ne crois pas que vos deux histoires se ressemblent. Même s'il a coupé tous les liens avec sa première vie, lui, il est resté à proximité de ses proches et on peut facilement le localiser.

---

[4] Voir *C'est vrai papi que t'es presque vieux*, Éditions Héraclite

— Alors, ma petite Chérie, nous verrons bien. Mais tu connais ma philosophie : chaque être humain est imprévisible et possède un jardin secret. *In fine*, les bonnes surprises sont rares, on est souvent déçu. Et puis, la vérité est si difficile à exprimer ! Surtout à ses proches les plus intimes. J'en sais quelque chose ! Le doute sur la confiance que l'on peut accorder à ceux qui nous entourent est perpétuel, il peut alimenter un vent de panique. Pour certains, l'éloignement est parfois la solution pour échapper à cette impossible vérité.

— Mais, papi, ne nous as-tu pas prouvé en revenant parmi nous que taire à ses proches l'*impossible vérité*, comme tu la nommes, et y échapper n'était en somme qu'une illusion ?

— En effet, mais l'illusion est une drogue et s'en guérir est si difficile !

Il poursuit en m'informant qu'il a une *vieille* connaissance lyonnaise, retraitée, qui était juge d'instruction au tribunal de grande instance de Lyon. Du temps où cet avocat exerçait, ce magistrat était en poste dans cette ville, ils se sont forcément rencontrés sur certains dossiers. Il le contactera pour en savoir un peu plus sur G.H.

— Pourquoi pas ? Mais tu sais, je veux refermer cette parenthèse *Georges Huasse*, au plus vite. Maintenant, je souhaite avant tout consacrer la plupart de mon temps disponible à retrouver la trace de ma mère biologique. Je n'ai pas avancé d'un millimètre depuis notre dernière discussion, avant les vacances. Il me faudrait un coup de pouce du destin. Je sollicite ma bonne étoile, mais pour l'instant elle ne m'écoute pas, elle fait la sourde oreille.

Avant de raccrocher, en encouragement, il termine sur cette réflexion :

— Si la vie est une romance avec de multiples points de suspension et quelques points d'interrogation, si elle nous égratigne et nous froisse, elle est aussi magicienne. Et si dans son fatras et son bric-à-brac on y trouve de surprenants pièges, elle nous réserve parfois du rire, du bonheur et des consolations.

— Alors, je croise les doigts en espérant que tu aies raison. Je t'embrasse, papi. Bisous à Annabelle et Ludovic.

2

C'est en fin de matinée, avant de prendre la route pour un bref séjour de deux nuits à Paris en réponse à l'invitation de son fils qu'il rencontre en moyenne trois fois par an, ainsi que de son épouse avec laquelle les relations sont restées cordiales malgré leur séparation de corps, que Georges prend connaissance du message digital de Méline.

Au-delà de ses mots résignés, en retenue pudique, il saisit la profonde déception et le malaise de sa fille ; cela l'attriste. Il a pu juger en direct de sa grande sensibilité et de sa réceptivité aux malheurs d'autrui, aussi il imagine ce qu'elle doit ressentir au méchant coup tordu qu'il vient de lui asséner en reniant son engagement. Un repentir en lui se manifeste, il pense avoir commis une gaffe irrémédiable. Cela le tétanise, mais il est trop tard. Perturbé, ressurgit en écho du fond de sa mémoire une scène qui se déroulait dans la maison de Saint-Racho, il y a plus de quarante-cinq ans.

Elle eut lieu l'été qui précéda la mort de sa mère. En fin d'après-midi, de sa chambre à la porte légèrement entrebâillée donnant sur la salle à manger, il entendit une conversation le concernant, entre sa mère et son grand-père :

« … ton gamin, ma pauvre fille, ne fera jamais rien dans la vie. Il est trop renfermé, il n'a aucune confiance en lui et il

manque de niaque. Et puis, ce n'est pas l'exemple de son ivrogne de père qui peut le motiver. Je crains qu'il tombe lui aussi dans l'alcool ou la délinquance. Vraiment, je te plains ! »

Ce verdict implacable qui le condamnait à ce qu'il exécrait le plus : l'ivrognerie, et la honte qu'il endurait, prononcée par cet aïeul qu'il respectait et avec lequel il se sentait quelques affinités, le secoua durement et lui fit très mal. Un blocage intérieur lui interdit par la suite de témoigner à son grand-père une sincère affection. Il estima que ce jugement sans appel accentuait le mal-être de sa chétive maman, qui trois mois plus tard se suicida après avoir perdu le sens de la vie. Il considéra qu'avec son propos cruel, qui sans doute la traumatisa, celui-ci était en partie responsable de sa mort.

Mais, comme une revanche, l'année suivante en famille d'accueil, cette phrase qui tomba sur ses quinze ans comme un couperet, au lieu de l'enfoncer dans le défaitisme, fut au contraire un signal d'alarme et le galvanisa. Il acquit la conviction que le fatalisme de la misère et de la défaite n'existait pas : le travail, la détermination dans ses idées, la fidélité à ses valeurs pouvaient faire évoluer une destinée dans la bonne direction.

À la gloire du souvenir de sa maman martyr, il devait *sortir du caniveau*. Peu à peu, en serrant les dents, il se forgerait un tempérament de guerrier qui lui permettrait de terrasser toutes les laideurs dressées autour de lui, mais surtout donner tort à son grand-père.

Ses mots inflexibles qui ne lui laissaient aucune chance et le condamnaient au pire de l'existence, toujours il s'en souvint. Ils furent tout au long de son parcours un aiguillon et réveillèrent en lui un sentiment de rébellion. Que de fois cette sentence tritura sa mémoire et le poussa à tendre vers l'excellence ! Le zéro défaut fut sa règle... Jusqu'au jour où les humiliations sortirent de l'ombre, où les mauvais souvenirs et la fatalité prirent le dessus, et où tout bascula.

Georges, à la lecture aujourd'hui du message de sa fille, a les yeux qui s'embuent, le même choc émotif le frappe, quarante-cinq ans plus tard. Comme un ressort, dans sa supercherie le mail de Méline le propulse en sens inverse, et c'est lui, qui est le grand-père accusateur, et c'est elle, qui endosse le rôle de l'adolescent de quinze ans tétanisé à l'écoute des propos peu flatteurs sur son sort – sauf que c'est un silence assourdissant et pervers de sa part à la place d'une sévère sentence aux mots humiliants.

Indigne supercherie ! Silencieuse, dégueulasse, vicieuse comme un tableau répétitif de la comédie humaine qu'il a mis en scène. Comédie tellement malhonnête ! Car lui, il sait qu'elle possède ses gènes, et à l'opposé, jamais Méline ne saura qu'il est son géniteur ni ne connaîtra les actes abjects qu'il a commis... Et encore, ce tableau aurait pu être plus noir et plus tragique s'il avait laissé carte blanche à son instinct de vengeance pour détruire tous ceux qui figuraient sur sa liste : les voisins de la Cité des Bleuets qui méprisaient sa famille, les instituteurs et les édiles qui jouèrent l'indifférence, les prêtres qui se succédèrent à la paroisse et qui connaissaient leur souffrance, les copines ou copains qui se moquaient lamentablement de son père… Que de fois, devenu adulte, en les recherchant, il avait eu l'intention de leur régler leur compte d'une façon ou d'une autre !

Cette supercherie machiavélique, extrême, qu'il a instituée au détriment de sa fille, qu'il manipule en lui cachant les liens du sang qui les unissent, la laissant s'échiner dans sa quête pour retrouver celle qui l'a enfantée, évidemment pèse lourdement sur sa conscience et le mine. Alors, la honte d'antan ressurgit, et la tentation est forte de tout révéler, simplement pour être en paix.

Tout au long du voyage il rumine. Il essaie de trouver une solution à sa sournoiserie. À Orléans, il est même tenté de sortir de l'autoroute pour s'arrêter chez son enfant et tout lui avouer. Au dernier moment il y renonce. Sans doute par manque de courage, taire *l'impossible vérité* s'impose encore.

Il connaît bien cette ville, certes renommée par l'épopée de Jeanne d'Arc, mais surtout c'est celle de *sa* bergère des Hautes-Alpes, et puis c'est là où naquit sa fille et fut adoptée.

Quelques jours après l'annonce surprise tant déroutante de la naissance de Méline, il s'y déplaça pour retrouver la trace de Marie-Anne, mais en vain. Il y revint à plusieurs reprises, mena une enquête de voisinage, interrogea ses proches, mais à chaque fois la même réponse :

— Elle a décidé de tout renier même sa propre famille, elle vit dans une communauté religieuse qui est sa nouvelle famille, mais on ignore où…

Alors, il partit dans le Queyras rencontrer son oncle pour qui elle gardait les moutons en alpage, mais avec lui comme avec tous les autres, Marie-Anne restait silencieuse. Cet oncle l'aimait comme sa progéniture, chaque fin de printemps il l'attendait avec impatience. Alors pour lui le coup fut rude quand elle se volatilisa sans adieu et sans laisser de traces.

Son séjour à Paris ne se passe pas de la meilleure façon. Aux repas ou en conversation sur le canapé, le tenaille la recherche de points de ressemblance entre ses deux enfants. Physiquement, rien de flagrant, à part leurs sourcils marron foncé très mobiles et le regard dans lequel un brin de mélancolie se reflète. En revanche, sur le plan mental apparaissent quelques évidences quant à leur même hérédité paternelle : un manque d'assurance qu'ils cachent par des propos excessifs ou avec le visage qui se ferme et la lèvre inférieure qui se contracte, une hypersensibilité au sort des plus démunis, leur doute sur la bonne foi de ceux qui gouvernent le monde…

Georges pense que des atomes crochus existent réellement et que s'ils se rencontraient, un respect mutuel s'établirait entre eux.

Son ex-compagne constate sa difficulté à se concentrer sur des sujets que tous les trois évoquent. Elle s'étonne de son air absent donnant l'impression que son esprit vogue dans les nuages. Elle lui en fait la remarque :

— As-tu des problèmes ou des soucis, Georges ? Depuis ton arrivée, je te sens tourmenté. Je sais bien que tu n'es pas très bavard, mais là c'est le grand silence radio.

— Je t'assure que ça va. Mais quand je viens à Paris, j'ai de plus en plus de mal à m'intégrer à son agitation frénétique, à la foule, aux odeurs, au *bling-bling* ostentatoire avec à quelques mètres la misère qui prospère de façon de plus en plus visible. Sans doute un effet du temps assassin qui passe et me désespère.

À elle aussi, il ne peut expliquer le déclic qui s'est produit en lui à la lecture du message de Méline et encore moins lui révéler qu'elle est sa fille de vingt-quatre ans ou les circonstances de sa conception. Qu'il a hâte de retrouver Saint-Racho et son halo de paix et de solitude !

Elle insiste. L'attitude passive de Georges et son envie obsédante de se retirer du monde lui rappellent l'état dépressif qu'il connut dans les derniers mois de leur vie commune, et qui contribua en partie à leur désunion.

Quand la confiance qui est le socle sur lequel repose un couple se décompose, humainement, c'est une période compliquée à gérer. Et quand leur amour se délita, elle fut désenchantée, et elle se retrouva le cœur en lambeaux. Si seulement, il avait voulu entendre sa mise en garde : *« halte au jeu, Georges, je ne supporte plus cette mascarade… »* ! Elle attendait la vérité sans fard, sans paroles ensorceleuses, mais rien n'y fit. Son époux continua son jeu indécent. Il s'enfonça dans le déni avec une tendance à la paranoïa ; peu à peu sa résistance lâcha, et son mensonge obstiné sur la mort du voisin de la Cité des Bleuets, tel un poison dévasta son esprit.

Après leur séparation, la carcasse lasse, l'esprit sans direction, Georges connut une sévère dépression. Il entreprit une thérapie. Fragilisé, il décida par la suite de mettre de la distance avec tous les *trompe-l'œil* qui l'entouraient, en demandant à sa mémoire d'effacer tous les mauvais souvenirs et les tristes images qu'elle stockait.

Et il trouva refuge sur la montagne de Dun ; d'abord, lors de ses temps libres, puis définitivement quand il cessa son activité professionnelle.

À l'insistance de son ex-compagne, il répond en révélant le projet qu'il mijote depuis quelques jours :

— En fait, je suis tracassé car j'ai pris la décision de vendre la propriété de Saint-Racho. Je vais partir dans les prochaines semaines en voyage, sans doute de longue durée pour parcourir l'Europe, de préférence les pays chauds. Je ne veux plus d'attaches qui sont autant de contraintes.

Son fils fait la grimace à cette surprenante annonce et son épouse écarquille les yeux :

— Mais, papa, à cette maison tu y tiens passionnément ! Ne m'as-tu pas dit qu'elle avait été pour toi l'occasion d'une renaissance ?

— Si, et je te le confirme. Cependant, aujourd'hui, elle ne correspond plus à la vie que j'envisage, et comme d'un boulet je veux m'en libérer. Sauf bien entendu, si tu souhaites la conserver, mais j'en doute !

Sur le champ son fils lui apporte la confirmation que cette propriété ne l'intéresse pas.

— C'est logique, qu'en ferais-tu ? Elle ne répond pas à ton style de vie. En revanche, accepterais-tu de signer une procuration notariée afin de me représenter auprès de l'agence immobilière pour ce qui concerne les démarches administratives ? La vente peut demander plusieurs mois, et où serai-je ?

Sans hésitation, son fils accepte d'être son mandataire et de le représenter. Stupéfaite par cette volte-face, son ex-femme ne comprend pas la vraie raison de cette décision, qui loin de la rassurer, amplifie ses craintes sur la santé mentale de Georges : « *Et s'il faisait une rechute !* », s'inquiète-t-elle.

Visiblement en effet, pour lui, malgré ses dires rassurants, là, en cette fin d'après-midi, en face de tous les deux, se concentrer lui est difficile. Encore une fois, il s'évertue à penser qu'il vaut mieux pour tout le monde taire *l'impossible vérité*, même s'il sent que dans le tréfonds de ses entrailles, des fantômes se trémoussent, qu'ils n'attendent qu'un signal pour sortir de leur ensommeillement et ranimer une vieille rengaine oubliée aux hideuses paroles.

Quelquefois, comme un cygne noir, dans son décor de solitude et d'absolu silence, empiriquement le syndrome de la démence s'invite dans ses pensées. Il est convaincu qu'il porte en lui le gène héréditaire et indélébile de l'alcoolisme. Dans son âme névrotique, campe en lui la peur qu'il se réveille et favorise l'ancrage de ce fléau menant à la vengeance : la folie.

Et n'est-ce pas la fuite qui lui a permis jusqu'à ces derniers jours de retrouver le sang-froid et l'équilibre mental, en échappant à l'appel incontrôlable de la vengeance : une calamité du passé qui contamine son cerveau ?

II

L'envolée de l'ermite de Saint-Racho

Abruti de tes échecs, l'esprit névrosé,
Frustré, tu restes encore le mauvais élève,
Le cancre, seul, comme dans la cour à la récré ;
Bonnet d'âne en auréole, de honte tu crèves.

Que de mensonges, de bobards au fil des dizaines,
Par omission et lâcheté ; d'écume noire
Dans ta bouche amère quand partent en quarantaine
Les illusions ! quand tu refermes le grimoire.

1

Rassuré par l'attitude conciliante de son fils qui a accepté de le représenter auprès de l'agence immobilière de La Clayette chargée de la négociation de son refuge, de retour du bref séjour parisien, dès le lendemain matin il prépara la sortie de son *confinement* volontaire et son départ définitif de Saint-Racho.

Il fallait qu'il quitte son nid d'ermite pour mener une dernière bataille, la plus compliquée croyait-il, car comportant tant d'obstacles intimes à franchir : celle contre lui-même. Elle consisterait à sortir de la passivité, de la mystification envers les autres, de l'isolement, de la solitude dans laquelle il s'est claquemuré. Péniblement, pied à pied, il veut retrouver le respect de sa personne, l'identité sans fard de la créature qu'il est, pour dire à ses deux enfants la vérité, sans masques trop lourds à porter, sans l'habit de l'anachorète.

Après la lutte souvent impitoyable qu'il a menée une bonne partie de sa vie contre l'injustice sociale, l'hypocrisie, la honte infâme et la peur d'être rejeté, il estime qu'il lui reste un dernier combat moral à conclure : celui contre sa propre turpitude. Il ne possède plus d'alibis crédibles pour vivre ainsi avec tous les faux-semblants et les mensonges qu'il a façonnés en fonction des circonstances depuis sa puberté, et qui ont conduit son père en prison, sa sœur dans la drogue et l'overdose, un innocent à la défenestration... Et à l'abandon de son enfant. Et combien d'autres masques n'a-t-il pas révélés : celui du pseudo gentil à la bonne conscience, celui du faux souffre-douleur à l'humiliation légendaire ou du traître envers son idéal de jeunesse...

Arrivé à un point de non-retour, acculé au mur de son imposture, il accepta d'entendre son *deuxième moi* – celui qui est en cachette dans les viscères de chaque être humain et qui devient dans certaines situations de la vie un redoutable ennemi – lui intimant la conduite à tenir en sortant de ses errements, en devenant loyal et respectueux envers Méline, sa fille :

« ... cela fait plus de dix ans que tu te goures de chemin, que tu te fuis, mais n'as-tu pas encore compris que nul n'échappe à sa destinée, à la justice divine, et que faire le deuil du passé est impossible ? Bien sûr, le réel est loin d'être parfait, mais vivre éloigné du troupeau, en pénitence, est-ce courageux et utile ? Ouvre les yeux ! Regarde ta lâcheté et les zones d'ombre qui sont en toi, en recherchant la réconciliation avec toi-même. »

Alors, il tomba l'habit de l'ermite et endossa celui du pèlerin pour préparer son ultime bataille, celle qui consisterait à retrouver Marie-Anne, *sa* bergère du Queyras qu'il n'oublia jamais.

Dans la semaine qui suivit, il partit de Saint-Racho avec le minimum de choses matérielles. Il avait l'esprit confus d'avoir voulu se servir de Méline, certes avant qu'il sût qu'elle était de sa lignée, pour déverrouiller et libérer grâce à la qualité de son écriture toutes les censures, les reniements qu'il s'imposa, emprisonnés en lui depuis si longtemps.

Ses seules certitudes résidaient dans le parcours atypique de cette jeune femme : Marie-Anne, qu'il abusa sexuellement, à qui il vola sa virginité, qui mit au monde, seule, un bébé dont il était le père, et qui vit dans une communauté religieuse quelque part en France.

Il ira donc de monastère en monastère afin de la localiser, même s'il faut enfoncer les portes. S'il la retrouvait, il implorerait son pardon, et même, si elle le lui demandait, il accepterait de chanter psaumes et cantiques avec elle, dans son habit de nonne.

Elle voudrait sûrement voir leur fille en photo. Il lui parlerait un peu d'elle, de leurs ressemblances, de son talent d'écrivaine en lui offrant son premier roman, de leur rencontre improbable à Mâcon. Il lui proposerait, avec son accord, de raconter à Méline leur brève histoire d'amour : une aventure de quelques jours en duo dans un providentiel abri montagnard, avec l'aveu de son odieuse agression sexuelle.

Un acte sauvage qui le poursuit encore à ce jour ; tant de remords en lui, quand, au gré de la mémoire, il se retrouve en tête en tête avec l'image de Marie-Anne en femme violée, au regard méprisant le fustigeant.

Résolument, il prit son baluchon en espérant qu'une bienveillance du Ciel consentirait à exaucer son vœu désormais le plus cher : permettre à sa fille de réaliser son rêve, dont il se sentait intensément redevable.

Pour ce faire, il lui faut offrir à Méline la vérité qu'elle revendique sur l'identité de sa maman biologique et sur les empreintes génétiques qu'elle porte en elle depuis sa conception.

Quel bonheur, si par son intermédiaire, toutes les deux pouvaient se rencontrer ! Dans son âme la honte aurait un goût moins amer, plus acceptable.

III

Georges et son idéal au goût d'inachevé

« Et les pauvres disaient : il n'y a de vrai que le malheur, tout le reste est un rêve ; blasphémons et mourons ».

La confession d'un enfant du siècle,

Alfred de Musset

1

G.H. n'a pas réagi à mon mail.

Presque deux mois d'inertie de sa part ; cette désinvolture veut-elle me signifier qu'il se fiche de ma déception ? Avec un *chouïa* de dérision je rejette l'idée qu'il soit déjà entré en hibernation dans sa tanière perchée au-dessus de la montagne de Dun, ou qu'une amnésie l'ait soudainement frappé, ou encore que la fraîcheur quasi automnale de cette fin d'été ait engourdi ses doigts et l'empêche de me répondre, ne serait-ce qu'avec deux mots valant accusé de réception : « bien reçu ».

Au choix de ma réflexion, parfois, il ressort de l'oubliette de ma mémoire. Le vent qui s'engouffre souvent dans la vallée du Sornin n'a pas emporté dans les abysses de l'oubli tout ce que nous avons vécu de manière improvisée ces dernières semaines. Ni sa sincérité et sa confiance qui m'ont émue, ni sa demande étonnante de laisser libre-cours à ma plume pour mettre des mots à son histoire personnelle afin que sa postérité sache qui il était – c'est, semble-t-il, une mode de notre époque.

Rétrospectivement je me questionne. Quelle peur a pu soudainement le saisir pour que tant de jacasseries, tant de confidences livrées à mes oreilles, deviennent si rapidement obsolètes ? En certitude, elles vont encombrer une case de ma mémoire et, contrairement à ce que j'ai affirmé, son manuscrit jaunira dans un tiroir de ma commode. Mais c'est juré, je ne grappillerai aucune anecdote qu'il m'a confiée sur son parcours pour transposition dans un de mes prochains romans.

Et puis, de dépit, c'est une pensée déplaisante qui finalement prend le dessus : *il m'a utilisée comme une marionnette humaine pour un dessein que j'ignore. Avec son talent d'ancien ténor du barreau de Lyon, il m'a piégée, fait prendre des vessies pour des lanternes et convaincue du bien-fondé de sa démarche, mais dans quel but ?*

Pourtant, j'ai plus que jamais cette conviction que sa vie, même s'il n'a pas mis toutes les cartes sur la table et malgré un scénario tronqué des scènes les plus noires ou trop personnelles, possède tous les atouts romanesques et de nombreux ingrédients épiques qui pourraient servir d'ossature à un récit haletant et structuré autour d'un suspense psychologique et sociologique. Le titre pourrait être par exemple : *Confidences d'un gone des cités.*

À la suite de l'abandon de son projet de biographie, j'ai retrouvé, au grand bonheur de Jérôme, une liberté d'esprit et une disponibilité mentale. La pression d'avant les vacances au sein de notre couple n'est plus qu'un épisode secondaire. En contrecoup de ma déception, une formidable envie de création s'est manifestée en moi. À l'écriture plutôt laborieuse, mon imaginaire depuis cette parenthèse de biographie laissée en jachère ne fut jamais aussi prolifique. En deux mois, sans trop d'efforts intellectuels, trois chapitres de mon nouveau roman sont bouclés.

À l'inverse de mon ouvrage précédent qui évoquait en larges séquences le passé trouble d'un grand-père, où les lecteurs entraient dans son jardin secret et découvraient que son passé en remontant à la surface, en flots non maîtrisables, submergeait le présent de sa famille. Dans une profonde et insoluble discorde, le cercle familial était emporté, et après plusieurs épisodes sordides, il se détruisait au terme d'une intrigue inimaginable. Le sujet de ce deuxième roman s'inspire d'une chronique d'actualité enracinée dans la décennie présente, et qui peut concerner chaque utilisateur d'Internet, accro ou non.

À l'ombre faussement rassurante du numérique, deux personnages – féminin et masculin – se rencontrent en naviguant d'ennui sur la Toile. Mais pourquoi ce soir-là faut-il qu'au-delà de l'écran les ondes s'humanisent et donnent aux mots qu'ils partagent une apparence d'estime sincère ? Puis en style digital et avec des smileys pour alliés, de tendres sentiments s'animent et vont battre dans leurs cœurs. Derrière l'écran ils fantasment, et l'amour devient une denrée virtuelle, indispensable à leur vie. Ils sont reliés par un cordon intuitif et immatériel ; peu à peu, ils ne savent plus où passe la frontière entre le réel et l'irréel. Ils côtoient un monde nouveau qui n'est ni vérité ni virtualité, mais les deux à la fois, où chaque pas s'effectue dans une mouvance d'illusions alternant le présent et la vision du futur…

Confusion, déception… Comme dans un jeu vidéo coincé entre le réel et le virtuel, essentiellement en dialogue avec les réseaux sociaux, comment en sortir ? Attention danger !

Ce récit est une histoire d'aujourd'hui dans laquelle vibre, par l'intermédiaire de l'écran de seize pouces, le romantisme digital du vingt et unième siècle et ses pièges.

Jérôme m'a écrit un poème sur ce thème, en voici un extrait :

« Par procuration, câblé à des oreillettes,

Vibre le romantisme en style digital.

En images interactives sur une tablette,

On butine l'amour en écran vertical ;

On clame sa flamme en balivernes numériques,

En mails au français tronqué, au vocabulaire

Pour initiés tout en langage informatique,

Et formules logarithmiques en mode binaire. »

Avant-hier soir, grâce à papi, j'ai pu affiner le portrait psychologique de G.H. Il m'a répercuté par téléphone les renseignements qu'il a obtenus de sa *vieille* connaissance juge d'instruction au tribunal de Lyon, aujourd'hui à la retraite.

Il a connu ce magistrat il y a une quarantaine d'années du fait de leur proximité géographique. Lui et son épouse avaient acquis une bâtisse à rénover à Chaponost – qui dans les années 1980 était encore un bourg rural –, limitrophe de Brindas où papi exerçait son activité maraîchère. Ils devinrent de fidèles clients et au fil du temps leur relation avec mes grands-parents gagna en cordialité. Ce couple habite toujours Chaponost et se fournit en produits bio chez mon parrain et oncle par l'état civil, Rémi, le fils de mon grand-père.

Il confirma dans un premier temps les informations concernant Georges que chacun peut trouver sur la Toile, mais il les compléta en y ajoutant son ressenti personnel sur l'individu :

« Sa carrière atteint son apogée juste avant la défenestration de son ancien voisin de la Cité des Bleuets, dans son bureau d'avocat. Ce triste fait divers constitua un tournant décisif dans sa vie professionnelle, car les doutes sur le suicide de ce client ne se dissipèrent jamais totalement. Mais l'incapacité des enquêteurs à trouver un mobile qui aurait permis d'expliquer l'implication de Georges dans la mort de ce client – le coup de folie passager de l'avocat ne fut pas une hypothèse retenue – leva le soupçon de meurtre. Toutefois, le mal était fait. Et malgré le soutien de l'ordre des avocats, l'étoile de Georges pâlit inexorablement. D'autant que certains collègues jaloux de son ascension professionnelle et de sa gloire médiatique, lui témoignèrent à cette occasion une solide inimitié. Ils profitèrent de ses ennuis judiciaires pour alimenter un climat de défiance à son égard.

La solidarité manifestée au début du drame par ses deux associés s'effilocha quand ils constatèrent que la méfiance qui s'était instaurée envers leur collègue et associé faisait de l'ombre à la réputation de leur cabinet. Un arrangement financier fut trouvé, ils lui rachetèrent ses parts de la société. Il comprit que dans ce milieu d'affairistes il n'avait plus sa place.

Beaucoup au sein de la magistrature ont trouvé que le sort que le sérail lui réservait était sévère et indécent… »

Dans l'intervalle, son couple s'était brisé. Crânement, G.H. décida de s'installer à Bron, dans son jus d'origine : ce milieu au cœur de la misère, avec lequel il entretenait en souvenir de sa mère un rapport sentimental et nostalgique. Il voulait sincèrement retrouver son âme et sa condition modeste, avec en fil rouge la honte du *gone* des cités qu'il fut et qu'il restait dans sa fibre intime.

Mais, dans la cité, les bleuets n'étaient plus parés de la couleur de l'espérance ; le jour dans les rues régnait une ambiance glauque, la nuit était peuplée d'ombres douteuses. Le terrain de jeu de son enfance était devenu le territoire de la drogue, de la prostitution, des menaces de représailles, avec aux manettes des caïds sans scrupules pour défendre la terre conquise. Le tableau était pathétique.

Son envie rageuse du bien et de justice sociale, son avidité d'être loin du clinquant, sa motivation pour entreprendre une mission pédagogique et d'engagement et regagner une raison d'être étaient vraies. Le même idéal d'égalité qu'avant sa réussite à marche soumise le boostait.

Il s'impliqua sans retenue dans le secteur associatif par des actions de terrain et concrètes avec l'espoir de sauver certains jeunes de la délinquance, de la déchéance, implacablement inféodés au clan mafieux sévissant dans la cité, et leur épargner la prison. De parti-pris, il se sentait proche de ces adolescents du même milieu que le sien, incultes, sans le sou, sans avenir lumineux ; des gosses imprégnés de tares sanguines identiques aux siennes. Il aurait tellement voulu que certains s'en sortent, s'élèvent au-dessus de leur condition et des souffrances de la misère.

Son implication, sa présence dans la cité et son rôle d'ange gardien auprès des plus faibles gênaient dans leur *commerce* illicite les despotes qui faisaient la loi. Ils le lui firent savoir à leur manière par des menaces, du chantage, des atteintes à ses biens matériels notamment à sa voiture qui fut incendiée…

L'âme ravagée, sans protection, il dut renoncer à sa soif d'idéal. Il accusa la vie de n'être qu'une sinistre duperie. Il pleura sur le souvenir admiratif et vivace de sa mère à l'existence pleine de déboires, sur son abnégation.

Anéanti, ce fiasco a pulvérisé définitivement sa carrière d'avocat.

Cet échec cinglant sur le terrain de sa jeunesse provoqua en son être intérieur un bouleversement d'apparence existentielle. Sournoisement, un mal de l'esprit l'affecta. Moralement démuni, il s'enferma dans l'univers morbide où se cultivent les pires idées morales et spirituelles.

Il pensait que le destin – dont il s'est toujours méfié – s'était plu à refermer le piège duquel il s'était échappé. Il le ramenait des décennies en arrière lorsqu'il accusa son ivrogne de père d'être coupable de la mort de sa maman. Désabusé, en vague sourde résonnaient en lui ces mots : « *décidément, le monde appartiendra toujours aux êtres malfaisants, aux cyniques, au fric. C'est chacun pour soi et le bonheur, c'est pour les riches !* »

Cette défaite lui fit très mal. Il se dit qu'il n'était qu'un homme de *rien*, qu'en conséquence il ne méritait rien, et que l'habit dont il s'était affublé par vanité et orgueil n'était pas fait pour lui ; ne l'habitait plus que la seule foi en rien.

Mais la voix de l'enfant qui veillait toujours en lui le sermonnait par moment, en le priant d'écouter son conseil de fuir la vulgarité, l'indignité, l'égoïsme et la souillure de ce monde. Et il l'écouta.

Un peu plus tard il renonça à tout. Il se métamorphosa. Il déposa le masque, tant l'oxygène lui manquait comme s'il se trouvait au fond d'une mine. Épuisé par les idées négatives qui tournaient en spirale dans son crâne, il s'arracha de la civilisation où finalement tout était falsifié, abandonna l'hypocrisie rituelle. Il partit pour une autre vie, avec seulement une salve de souvenirs.

Son idéal brisé à ses pieds, avec cette question en suspens : *pourquoi faut-il que tout se termine sur un goût d'inachevé* ? Dans la solitude il trouva à Saint-Racho dans sa maison brionnaise, près d'un ruisseau à l'eau fraîche mais si pure, une source de tranquillité et de béatitude à la saveur des valeurs d'autrefois et un décor aux odeurs d'antan.

IV

Le récit d'une sage-femme

« La perversité, c'est l'art de transformer le bien en mal »

Claude Chabrol

1

En ce premier dimanche du mois d'octobre, nous déjeunons à Saint-Jean-de-la-Ruelle – le traditionnel repas dominical auquel ma mère tient tant –, mais cette fois-ci Jérôme et moi n'avons rien tenté pour y échapper, au contraire, nous avons même prévu une bouteille de champagne afin de célébrer notre décision de nous pacser au début de l'année prochaine.

Bien entendu, je m'attendais à la réaction de maman :

— Une excellente idée, ma chérie, toutes mes félicitations et mes vœux de bonheur vous accompagnent. Mais pourquoi le pacs et pas le mariage ?

— Nous te ferons la même réponse que celle donnée aux parents de Jérôme qui nous ont aussi posé cette question. Nous aimons les choses simples, discrètes et sans trop de contraintes. Et puis, il faut vivre avec son temps, le pacs est moderne et il présente peu de différences avec le mariage ! En fait ce choix est surtout le mien. Les liens du mariage sont trop forts pour moi, et que puis-je mettre dans la corbeille de notre union, même pas ma véritable identité ? Je veux d'abord sortir de ma situation de Bébé née de X.

Mais leur en dire plus sur ma recherche au point mort, à quoi cela servirait-il ? Pourquoi gâcher ce doux dimanche d'automne en évoquant mon passé qui repose sur ce que j'appelle *un débris* ? Comment leur expliquer qu'existent en moi deux forces occultes qui s'opposent : l'une pour juger positivement le présent et me faire progresser vers l'avenir, l'autre, rétrograde, avec un goût prononcé pour le temps jadis, sans toujours mesurer les effets néfastes de sa poussière sur mon comportement, mes idées ou mes angoisses.

Pourraient-ils comprendre ces nuits où un pâle fantôme, aux yeux sans expression, que j'imagine être le spectre de cette femme qui m'a abandonnée, traverse ma chambre ? Cette vision qui chasse mon sommeil et en écho de la peur de l'abandon le travestit en cauchemar. Cette peur que chaque enfant né sous X connaît, malgré l'amour de leur famille adoptive. Cette trouille qui permet à certains, combatifs, de relever la tête, et à d'autres, terrifiés, de rechercher un coin obscur pour s'y cacher.

Certaine que cette quête de la vérité sur ma naissance ne concerne que moi, je demande à Jérôme de faire sauter le bouchon de la bouteille de champagne que nous avons apportée, et nous trinquons à notre avenir.

— Mariés ou pacsés, qu'importe pour moi, c'est à l'espérance, à votre futur plein d'audace et de promesses, surtout à votre amour que je lève ma coupe, nous dit mon beau-père, Gauthier. Et puis, Méline, j'ai peut-être une nouvelle *a priori* encourageante à t'annoncer, qui apparaît comme une piste sérieuse.

Je tressaille. Ces mots font battre mon cœur plus fort, mais avec un large sourire qui fait apparaître sa discrète fossette sur la joue droite, le mari de maman me demande de patienter. Il préfère que nous passions à table.

Au cours de ces deux dernières années, j'ai emprunté de nombreuses impasses, obscures et déprimantes, sur le pavé desquelles ne résonnait qu'un oppressant silence et qui se sont toutes échouées sur un mur d'incompréhension. J'ai frappé à une douzaine de portes administratives, associatives, notariales ou d'hôpitaux, qui, à peine ouvertes déjà se refermaient avec parfois quelques mots de compassion. Aussi, mon seuil de tolérance à la désillusion étant atteint, je l'exprime à Gauthier :

— Tu as raison, mon cher *beau-papa*, si ta nouvelle n'est pas à la hauteur de mes espérances, elle va me couper l'appétit, trop d'illusions m'ont bernée, et je sais de quoi je parle, alors attendons la fin du repas, sans doute excellent comme d'habitude.

À table, c'est la décision de nous pacser qui est la préoccupation essentielle de maman. Elle veut tout savoir : de quelle manière et quand nous allons l'officialiser, l'organisation de l'événement : sera-t-il confidentiel ou familial et festif avec de nombreux invités… Je lui précise que seule la proche famille sera conviée, une vingtaine de personnes au grand maximum et les invitations partiront dans les prochains jours. Elle est emballée sur le choix du restaurant que nous avons retenu : « Le Gone », situé en face de la gare d'Orléans, celui dans lequel G.H. m'a parlé de son projet de biographie et remis son manuscrit. « *Avec sa douillette salle de réception, et son personnel charmant, c'est vraiment le resto idéal pour bien célébrer votre union, mes chers enfants !* », tient-elle à souligner.

Au cours de nos échanges verbaux, à brûle-pourpoint, sans réflexion préalable et le moindre rapport avec le sujet précédent, subitement je questionne ma mère :

— Te souviens-tu, maman, avoir rencontré à Brindas quand tu vivais là-bas, un juge d'instruction lyonnais qui était un client fidèle de tes parents ?

— Ouah, ma chérie ! Quelle surprenante devinette tu poses sans crier gare à ma mémoire ! Il y a si longtemps. Mais en effet, mes parents avaient un couple pour client dont le mari était juge d'instruction à Lyon. Chaque semaine lui et son épouse se fournissaient chez nous en fruits et légumes. Ils avaient sympathisé avec notre famille et papi leur faisait visiter les serres. Mais pourquoi t'intéresses-tu à lui ?

— C'est en relation avec cet ancien avocat lyonnais dont je vous ai parlé, celui qui m'a sollicitée pour que j'écrive sa biographie. C'est une histoire, qui à ce jour semble à dormir debout puisqu'il y a renoncé, mais grâce à ce magistrat à la retraite, toujours en contact avec papi, j'ai pu obtenir d'autres informations sur lui et sur les vraies raisons qui l'ont amené à changer radicalement de vie et à s'isoler près de La Clayette.

— Ah bon ! Et grâce à papi ! C'est à croire que tous les individus sont reliés par un même lien universel et que par lui on peut remonter sur l'existence de n'importe qui… et d'autant plus aujourd'hui avec la magie d'Internet.

— Tu sais bien, chérie, que le destin en fin de compte n'est pas aussi hasardeux que ça ; établir un pont-levis entre chaque destinée est assez facile ! Je crois que notre union le prouve, complète Gauthier.

Je leur parle rapidement des informations que j'ai obtenues sur Georges, de son parcours professionnel passionnant et brillant avant un terrible revers. Ce bonhomme à la vie dense, aux nombreuses contradictions, irréfutablement bénéficie de ma compréhension quant à sa décision de rejeter une partie de son passé. Aussi, ils saisissent ma déception sur sa volonté de stopper brutalement son projet entraînant une rupture de notre relation.

— Le plus surprenant, Méline, c'est que tu t'intéresses encore à lui, m'interpelle mon beau-père. Il a décidé de redevenir l'acteur de sa vie, soit, dans l'isolement, mais s'il a trouvé une oasis de paix pour son esprit, c'est très bien. Il t'a émue, mais sa vie, malgré toutes les affres, les trahisons, les remises en question qu'il a connues a été belle parce qu'elle n'a pas été fade. Je comprends ton plaidoyer en sa faveur et ta déception, mais je crois qu'il faut maintenant que tu passes à autre chose, et je crois que Sabine pense comme moi. N'est-ce pas, chérie ?

Cette tirade lucide, qui reflète parfaitement le caractère carré, intègre et loyal de Gauthier, ne me surprend pas. Cette parenthèse fermée, sans me laisser le moindre temps de réponse, il évoque sur un autre registre, moins solennel, *sa* « bonne nouvelle… », et expose, en me ciblant de son index :

— Je vais faire une entorse à la discrétion professionnelle à laquelle je suis soumis en tant que kinéostéopathe, Méline. J'ai en soins depuis quelques semaines une patiente qui souffre de douleurs vertébrales surtout au niveau des lombaires. Dans la trajectoire de la cinquantaine, son métier de sage-femme au CHU d'Orléans est de plus en plus éprouvant physiquement et, elle *en voit de toutes les couleurs*, comme elle m'a dit. Il y a trois jours, lors de la séance de massage, après avoir évoqué la pénibilité de sa mission et les conditions de travail qui se dégradent sans cesse, d'abord avec un brin de dérision elle s'est confiée :

« *Si vous n'arrivez pas, Gauthier, à me redonner le squelette d'une femme de vingt ans, je crois que je vais déposer les armes, il est impossible de faire ce métier en déambulateur… et ne parlons pas de la souffrance psychologique. Mais tout est lié, n'est-ce pas ?* »

Je lui ai répondu sur le même ton :

« *Pour ce qui est du possible, vous pouvez compter sur moi et sur mes mains expertes. Hélas, le miracle n'est pas dans mes compétences, et à ce jour, la sécu ne le rembourse pas ! Mais vous le savez aussi bien que moi, la science a ses limites. Quant au déambulateur, il ne faut pas exagérer.* »

Elle poursuivit en disant à Gauthier que dans cette profession c'est la douleur morale qui constitue, à n'en pas douter, la plus lourde croix à porter, tout au long de la vie. Alors, elle évoqua en quelques mots émouvants, l'épreuve épouvantable qu'elle avait subie en début de semaine après avoir aidé une malheureuse femme à accoucher sous X. Le cordon ombilical coupé, celle-ci refusa de prendre l'enfant sur elle, et d'une voix éteinte dit qu'elle refusait de le reconnaître. Anonymement, elle abandonnait ce nouveau-né de sexe masculin. Cette femme repoussa toute discussion.

La sage-femme apprit à mon beau-père qu'en moyenne il y avait deux ou trois enfants par an qui naissaient sous X dans sa maternité, et chaque abandon est pour elle intolérable, « *il s'agit d'un véritable arrache-cœur* ». C'est elle, quand elle est en service, qui recueille dans ses bras le petit Ange au cœur qui bat contre sa poitrine, dans l'inconscience qu'à sa sortie de la matrice maternelle, celle qui l'a nourri pendant neuf mois dans son ventre pour lui donner la vie l'a rejeté. C'est elle qui souvent donne un prénom au *bébé né de X*.

Son éthique de sage-femme n'a jamais pu absoudre un tel acte : témoignage sans doute d'une sévère détresse spirituelle ou sociale, mais aussi estima-t-elle, d'une affreuse lâcheté.

Toujours en massage sous les mains *expertes* de Gauthier elle lui raconta qu'elle fut confrontée à cette terrifiante faiblesse humaine et à la pauvreté morale de l'âme dès les premiers accouchements qu'elle pratiqua.

Elle venait de terminer ses études et fut rattachée à la maternité de l'hôpital d'Orléans. Ce jour-là, en salle de naissance, une femme qu'elle avait assistée à l'accouchement d'une petite fille avait décidé de le faire sous X. Elle lui annonça le visage pâle avec dans le regard un éclat bizarre :

« Merci pour la délivrance. Mais cette enfant qui est dans vos bras, je ne peux la prendre avec moi. Gardez-la ! Je la confie à vos bons soins et à votre amour. Que Dieu avec sa lumière céleste te préserve, dit-elle d'une voix pleine de dévotion à sa fille, qu'elle abandonnait sans révéler son identité. »

Cela se passait il y a vingt-quatre ans…

Après cette anecdote inouïe révélée par mon beau-père, pour le coup, c'est toute mon épine dorsale qui ressent les frissons la parcourir. Maman et Jérôme pensent comme moi : *le coup du sort frappe enfin du bon côté de l'enclume : celui qui permet de transformer l'échec en victoire ou la ferraille en bel objet !* Mais Gauthier nous demande de garder raison. Il rappelle toutes mes illusions anciennes qui tombèrent dans le noir du trou de la déception et du doute. Il ne veut pas qu'à cause de lui je connaisse encore le même désenchantement :

— Dans l'immédiat, ce ne sont que des coïncidences, qui sur certains points reflètent simplement ta propre situation. Et tu sais bien, Méline, que le destin aime jouer, et ces coïncidences ne sont peut-être que l'expression de ce jeu. Alors, il ne faut surtout pas que ton imaginaire s'emballe. Laisse-moi manœuvrer. Je revois cette patiente dans le courant de la semaine, je vais essayer d'obtenir d'autres renseignements et pourquoi pas une rencontre entre vous deux !

Bien sûr que l'imaginaire est un danger. S'il est nécessaire à la vie, n'est-il pas aussi notre pire ennemi en défiant notre bon sens humain, en nous incitant à bâtir des châteaux en Espagne essentiellement sur du sable ; en nous trompant et en nous faisant croire aux fées, aux gentils lutins ; en nous projetant dans la virtualité et la fantasmagorie, loin de la vraie vie…

Il n'empêche, j'ai pile vingt-quatre ans et le mois de ma date de naissance correspond. Je suis née à l'hôpital d'Orléans. Et, je suis un bébé de X. N'a-t-elle pas dit qu'il y avait en moyenne par an deux à trois enfants qui naissaient sous ce statut ? Potentiellement, il y a vingt-quatre ans dans cette maternité orléanaise, au regard de la théorie des probabilités j'étais dans ce *lot de X*.

Je ne peux pas leur exprimer ce que je ressens. Des contradictions s'agitent en moi avec évidemment une exaltation à rencontrer cette sage-femme. Mais en même temps, m'étreint une peur atroce d'être à nouveau brutalisée par la fatalité, et renvoyée en sang dans les cordes de cet affreux ring qu'est l'existence.

— J'ai trop de mal à refouler mon émotion, les mots me manquent, alors merci, mon cher beau-père, pour en effet cette « bonne nouvelle ». Je l'attendais depuis si longtemps.

——Patiente encore quelques jours, Méline, et je te tiens au courant. Et si nous finissions la bouteille de champagne ? Cela nous portera chance.

Évidemment, pour croire que cette piste est bien celle de ma mère biologique, il faudra obtenir la confirmation que la trace est fiable et solide. Il faudra ensuite convaincre cette sage-femme de poursuivre ses confidences afin de recueillir des éléments concrets. Mais j'ai confiance en Gauthier, et ma bonne étoile en vigie bienveillante ne brille-t-elle pas au-dessus de ma tête ? Jamais la flamme de l'espérance n'a été si proche de se ranimer.

Ma mère détend l'atmosphère et taquine son époux :

— Je confirme, mon chéri, que tes mains sont expertes. Je n'ai pas oublié qu'il y a quelques années, déjà, les soins qu'elles m'avaient prodigués m'avaient tellement bien soulagée qu'elles m'ont séduite. Et ne parlons pas de ton charme divin ! Avec ces atouts tu devrais arriver à faire parler ta patiente. Mais attention, *mon* kiné favori, je reste vigilante.

Avec un clin d'œil affectueux, Gauthier embrasse maman.

2

Après un moment de stupéfaction, puis de réflexion, la patiente de Gauthier accepta de faire ma connaissance, sans poser de véritables obstacles, à la seule condition que cette rencontre ait lieu chez elle. En revanche elle a prévenu d'emblée *son* kiné dévoué qu'elle ne disposait d'aucun élément tangible, ni officiel ni officieux, pouvant m'aider dans la pêche aux informations sur cette *« fille d'Ève »* qui, dès que le lien me reliant à ses viscères fut coupé, m'a laissée délibérément entre ses bras.

L'appel téléphonique de Gauthier qui me confirme la réussite de sa démarche, « mon charme divin a opéré », précise-t-il, me donne les larmes aux yeux. Avec quelques recommandations, il m'indique son numéro de téléphone afin de caler la date de notre rendez-vous :

— Surtout, Méline, ne la brusque pas. Elle est sensible, je crois autant que toi, et le sujet des enfants abandonnés lui donne la nausée, c'est une torture qui la marque au fer rouge. Tu sais ! Pour elle aussi c'est une épreuve de te rencontrer, me prévient-il.

— Sois tranquille, mon intérêt est avant tout de m'en faire une alliée. Encore une fois, mon cher beau-père, des milliers de bisous en remerciements pour cette nouvelle *« bonne nouvelle »*. Bien sûr, je t'informerai de la date de notre rencontre.

J'ai grandi, je me suis affirmée, j'ai déployé mes ailes et prit mon envol, tout ça sans rien deviner de ma naissance hors normes. Mais depuis que maman, poussée dans son dernier retranchement par son père, a avoué que la terrifiante lettre X me colle à la peau, je ressens le besoin vital pour apaiser mon mal-être qui m'enserre comme une camisole, qu'on me parle de celle qui m'a abandonnée comme un incongru et pitoyable déchet de sang, d'os et de chair.

Pour annihiler la peur viscérale aux mille facettes – un cadeau toxique dès mon premier souffle de vie – qui fait irrationnellement frissonner ma peau et mes tissus, je dois connaître mes origines, ma véritable identité, et retrouver l'abominable femme, cette mauvaise fée qui voulut ignorer mon berceau et qui refusa d'être ma maman.

Courage ! *Fonce, comme papi te l'a expliqué,* me dis-je en sourdine.

J'ai au compteur de mes jours et de mes nuits tellement de semaines, de mois où je me suis morfondue, de récurrentes pensées négatives qui me triturent l'esprit, de l'impatience qui piaffe en moi, qu'aussitôt la communication terminée avec Gauthier, je compose le numéro de téléphone de Justine, sa patiente. Elle n'est pas surprise de mon appel. Elle me propose une invitation pour demain 18 heures à son domicile à Olivet – une charmante petite bourgade très prisée pour son apparence bourgeoise et son ambiance paisible, qui jouxte Orléans sur son flanc Sud. C'est son jour de repos et elle sera seule ; comme tous les soirs son mari ne rentrera pas avant 19 h 30 de son travail.

Jeudi 18 heures.

J'arrive chez elle, légèrement stressée, embarrassée de lui imposer cette rencontre sans doute aussi éprouvante pour elle que pour moi. J'ai gardé en mémoire les paroles de Gauthier : « *il ne faut pas que ton imaginaire s'emballe* ». Cependant, ce soir, j'accepterais volontiers la moindre information qu'elle voudrait bien me donner, qui pourrait devenir une pièce essentielle du puzzle que j'essaie vainement de reconstituer. Il représente une partie de ma vie, et est à ce jour étalé dans un coin de mon esprit sans aucune forme ni aucun sens. Il me nargue par son insignifiance. Dans mon océan d'incertitude, d'ignorance, de brouillard, Justine est ma bouée de sauvetage… Peut-être l'ultime !

Dès qu'elle ouvre la porte de son pavillon mitoyen aux grandes baies vitrées, instinctivement nous tombons dans les bras l'une de l'autre. Après une accolade silencieuse de quelques secondes, nous nous installons au salon. Quelques gentils mots d'accueil prononcés sans hâte, d'une voix traduisant son émotion, me mettent tout de suite à l'aise. Décontractée, elle est vêtue d'un survêtement assez chic ; le visage sans maquillage, son sourire éclatant et son regard lumineux me captivent.

— Vous m'ouvrez votre porte, et simplement je tiens, Justinc, à vous en remercier. Dans le cas contraire, j'aurais été très déçue, mais j'aurais parfaitement compris votre refus.

— Que de palpitations dans mon cœur quand je vous ai vue monter le perron de la maison ! C'est la première fois que je me trouve dans cette situation et surtout je redoute de vous décevoir pour le peu de renseignements que j'ai à vous communiquer.

— Vous savez, depuis le temps que je joue aux devinettes dans une brume qui ne veut pas se lever, j'ai acquis une solide carapace qui me permettra d'assumer un nouveau mauvais coup du sort.

— Pour être franche, j'ai la contrainte de la déontologie en cours dans ma profession, notamment en termes de confidentialité. Mais en dehors de ce carcan éthique, je ne dispose pas de la moindre donnée sur la femme qui vous a enfantée. Par ailleurs, après la naissance du bébé, le dossier administratif nous échappe complètement et une fois l'enfant confié aux services sociaux, malgré le déchirement que je ressens à chaque fois, la sage-femme que je suis doit elle aussi rester dans l'anonymat.

— C'est d'autant plus courageux de votre part d'avoir accepté de me recevoir. Je vous assure de mon silence sur notre rendez-vous de ce soir.

— Pour simplifier, disons qu'il s'agit d'une pure coïncidence. Avec votre beau-père, j'ai été trop bavarde, mais avec lui le courant passe bien. Et quand il m'a dit que sa belle-fille Méline, qui a vingt-quatre ans, était née sous X à la maternité du CHU d'Orléans, lors de la séance de massage il a ressenti mon trouble. Quand il m'a proposé avec diplomatie de vous rencontrer, humainement comment pouvais-je refuser ? C'est le fait qu'il ait prononcé votre prénom qui vraiment fut le déclic.

Je suis sensible à la sincérité de son regard lumineux et à l'empathie avec laquelle elle s'exprime. Elle me confie que parfois c'est la sage-femme qui donne le prénom au nouveau-né abandonné *par X*. Tel fut le cas au tout début de sa profession lors d'un des premiers accouchements qu'elle pratiqua, et Méline fut le prénom qu'elle proposa pour le *bout de chou* féminin qu'elle accueillit dans ses bras.

— Étonnante coïncidence, n'est-ce pas ? conclut-elle.

Et elle me laisse le soin de faire la synthèse des coïncidences qui s'ajoutent les unes aux autres.

— Je me doute bien que la confidentialité que vous devez préserver ne vous permet pas de me dire que vous êtes la sage-femme qui a assisté à ma naissance, et que la femme que vous avez aidée à accoucher est ma mère biologique, mais les présomptions sont si fortes que le doute n'est pas possible.

— En effet, et votre conclusion, je l'accepte. Nier serait malhonnête et absurde.

— Et soyez certaine, Justine, qu'aucun sentiment de vengeance ne m'habite à l'égard de cette femme dont je porte les gènes. Mais je ressens en moi une telle nécessité de connaître l'histoire de mes racines, que je suis prête à exploiter le moindre mot ou le détail le plus insignifiant sur ma mère biologique. Je suis persuadée que les fondations qui me permettront de bâtir mon avenir doivent s'appuyer sur celles du passé des personnes de mon sang.

— Et n'oubliez pas le hasard ! Notre rencontre de ce jour n'en est-elle pas le meilleur exemple ?

L'impressionne, m'affirme-t-elle, mon acharnement à vouloir remuer ciel et terre afin de normaliser mon passé et reconstituer une cartographie de mes origines. Avec beaucoup d'humanité elle évoque brièvement la dureté de la situation des enfants trahis dès leur naissance, laissés dans la nature au bon vouloir de la vie et qui pour la plupart la jugeront comme une scoumoune. Elle est convaincue que ce refus d'amour maternel dès la sortie du ventre de sa mère, le bébé le ressent : « *il traînera ce manque cruel d'amour derrière lui durant toute son existence.* » Combien elle a raison, suis-je tentée de lui dire.

L'inconscient de cette femme est profondément marqué par chacune de ces naissances auxquelles elle a participé. Inévitablement, elles provoquent à chaque fois en elle une crise existentielle : « *comme si la vie était bornée entre la farce et la tragédie* », proclame-t-elle. À cette idée, je lui pose la question qui me brûle les lèvres :

— Vous souvenez-vous si elle a souffert en mettant son enfant au monde ?

— Je ne crois pas. En revanche, je me souviens qu'après l'accouchement elle a eu des nuits agitées. Cela, je pense être en droit de vous le communiquer sans porter atteinte au secret professionnel. La nuit qui a suivi votre naissance, j'étais de garde, sa chambre se situait en face du bureau des sages-femmes. Je l'ai entendue crier à réveiller tout l'hôpital. Je me suis précipitée, elle se débattait et très clairement elle a hurlé ces paroles : *« non Georges, je t'en supplie ne fais pas ça... je ne veux pas, tu n'es qu'un monstre ! »* Quand j'ai éclairé, elle était en sueur, les yeux hébétés, je l'ai rassurée en l'encourageant à me parler. Elle me donna cette explication : *« ce n'est rien, très souvent un cauchemar perturbe mes nuits, c'est toujours le même : je suis en montagne, dans le Queyras que j'adore, et par surprise une bête sauvage m'attaque ».* Bien entendu, j'ai trouvé sa réponse peu convaincante, j'ai envisagé l'hypothèse que cette jeune femme avait été violée. Elle a répondu négativement à mon interrogation, et puis elle s'est repliée sur elle-même et sur son silence. Deux jours plus tard, elle sortait anonymement de l'hôpital.

— Pardonnez-moi, Justine, mais êtes-vous certaine de ce prénom : Georges, et qu'il s'agit bien du Queyras ?

— Aucun doute pour le prénom, il m'a touchée car mon père se prénommait : Georges-Lucien. Et je vous garantis que cet accouchement au dénouement pénible, dès le commencement de ma vie professionnelle, est à jamais incrusté en moi. Et sur l'hypothèse du viol, j'ai toujours pensé qu'elle était crédible. Quant à cette montagne que je ne connaissais pas, par la suite, en randonnée je l'ai découverte grâce à elle.

Sidération ! À cette confirmation qui me glace, mon squelette se contracte, un assommant chaos retentit dans mon crâne, sous mes pieds le carrelage se dérobe, dérive ma concentration. Justine s'en rend compte, son visage se décompose :

— Oh pardon ! Encore une fois, j'ai été trop bavarde, j'aurais dû garder pour moi cette scène qui est pour vous traumatisante ! Le sujet est si rude ! Alors, revenons si vous le voulez bien dans le temps présent et évoquons plutôt l'avenir, en parlant un peu de vos projets !

Sans conviction, j'acquiesce. Mais me livrer et continuer à communiquer avec elle après l'éclair brutal et imprévisible sorti de sa bouche et qui vient par ses paroles de me transpercer s'avère périlleux. Elle doit se contenter de quelques annonces sur ma vie professionnelle, sur le couple que je forme avec Jérôme. J'évoque rapidement ma passion pour l'écriture en parlant de mon premier roman ; elle souhaite le lire. En remerciement j'aimerais le lui offrir, à son intention je le remettrai à Gauthier.

Il est 19 h 15, je la quitte avec la fibre pantelante et la vision du viol qui s'impose. Je voulais la vérité. En grenade dégoupillée voilà qu'elle vient d'exploser, de m'éclabousser de boue, et, comme un gag sans drôlerie témoignant de l'absurdité de ce monde, a été lancée par l'entremise involontaire de celle qui m'a protégée dès mon premier pleur, mon premier cri, ma première peur d'enfant abandonnée, celle qui m'a donné ce joli prénom, encore original à la fin du vingtième siècle : Méline.

Quel horrible pied de nez ! J'imaginais que *ma vérité* serait une symphonie, elle n'est qu'un chant lugubre ; qu'elle apporterait de la clarté à mon futur, mais de manière indécente, impitoyablement elle le noircit ; qu'elle serait la résurgence d'une eau de source limpide et pure, et voilà que jaillit une eau boueuse, nauséabonde, dans laquelle je m'enfonce sans fin. Si comme certains le prétendent, le ciel n'existe pas au-delà des nuages, alors comme lui, la vérité que je réclamais devient une chimère, une allégorie poétique, un mirage dans lequel se noient mes croyances. Et bon sang ! Que cette phrase prononcée tout à l'heure par Justine prend du relief et sonne en moi avec justesse, même si elle me porte un méchant coup tordu : « … *comme si la vie se déroulait entre deux bornes : la farce et la tragédie…* »

La vie m'a tellement mise à l'épreuve que je m'approprie cette pensée. Eh bien oui ! Elle a raison. J'ignore si j'ai quelque courage ou un brin de talent pour l'écriture, je ne suis pas certaine d'être douée pour la vie en couple, mais j'ai compris au fil des événements et au-delà de mes doutes que la seule certitude pour l'espèce humaine est que la destinée de chacune et chacun se termine par le trépas. Entre ces deux extrêmes : la naissance et la mort, rien ne semble sérieux ! Et tout n'est-il que manipulation du destin ?

L'esprit en déroute, au paroxysme du trouble, j'appelle maman. C'est mon beau-père qui décroche :

— Bonsoir, Gauthier. Est-ce que maman est là ?

— Oui, elle vient d'arriver. Veux-tu que je te la passe ?

— Ne la dérange pas ! Je sors de chez ta patiente. Une femme très sympa. Est-ce que je peux vous voir ce soir ? J'ai besoin d'un remontant costaud.

— À ta voix des mauvais jours, je soupçonne qu'une chose importante et pas très bonne s'est produite. Bien sûr que tu peux passer. Je prépare l'apéro.

— À tout de suite. J'envoie un texto à Jérôme pour qu'il me rejoigne à Saint-Jean-de-la-Ruelle.

3

À peine leur porte franchie, je me lâche ; en sanglots, comme avant, je me réfugie dans les bras de ma mère.

— Ma pauvre chérie, mais que s'est-il passé ?

— La vie n'est qu'un infâme bordel ! Attendons Jérôme et je vous raconterai ma visite chez Justine à Olivet. Vous allez comprendre !

Intrigué par mon bref message, mon compagnon nous rejoint quelques minutes plus tard. Calmée, sans palabres inutiles, je leur parle de la *vérité* qui m'a explosé au visage sans que je m'y attende, en face de la sage-femme qui m'a aidée à naître dans ce monde de déraison.

— Je serai très peu loquace, le cœur n'y est pas. Ton intuition, Gauthier, était la bonne : ta patiente, Justine, est bien la sage-femme qui était présente à ma naissance. Il n'y a aucun doute. Toutes les coïncidences et les indices relevés concordent pour l'affirmer. Bien qu'elle soit restée dans le strict respect de la déontologie médicale, les évidences sont si nombreuses, qu'elle ne peut pas le nier ; toutes les cases sont cochées. C'est elle qui m'a donné ce prénom, ce qui est un incroyable clin d'œil, et un indice irréfutable.

— Donc, c'est un point positif, m'encourage maman. Quant au prénom, en effet, peu courant à l'époque il nous a plu par son originalité, et nous lui trouvions un côté félin, alors nous l'avons gardé.

— D'accord. En revanche, ce fut presque le néant sur ma mère biologique, sauf qu'au lieu de retrouver sa trace, vous ne devinerez jamais ce que le putain de sort, dans le grand foutoir qu'est ma vie, me réservait.

Les yeux larmoyants, afin d'éviter une crise de larmes je marque une pause. Ils respectent mon silence. Jérôme entoure mes épaules de son bras.

— C'est tellement absurde et pathétique. Je recherchais une maman de sang, mais, littéralement clouée et crucifiée sur le fauteuil chez Justine, c'est mon père génétique que je trouve dans les méandres de mon existence… et, qui se dévoile comme un type pervers et un vrai salaud. Vous en jugerez !

Sans pause orale, je leur raconte avec une certaine répugnance l'essentiel de la fin de mon entretien avec la sage-femme, et je cite cette phrase hurlée en cauchemar dans sa chambre par celle qui me donna la vie quelques heures plus tôt, et qui déclencha ma stupeur : *« non Georges, je t'en supplie ne fais pas ça… je ne veux pas, tu n'es qu'un monstre ! »*. Je leur fais part également des peurs récurrentes qui hantaient les nuits de cette femme : ma mère, qui fut violée, et dont je suis le rejeton de ce viol.

Je leur dis que ce récit me renvoie au manuscrit de G.H. Incontestablement, je suis la fille de la bergère du Queyras originaire d'Orléans – l'aventure amoureuse évoquée en simple paragraphe d'une dizaine de lignes dans ce document. Je précise avec force que ce soir j'abhorre tout ce que cet individu perfide a écrit :

— Ce que je viens de découvrir sur lui, encensé par moi avec légèreté, me dégoûte de sa biographie, et avec un brin de philosophie confirme notre misérable condition humaine : le mal habite chaque être et domine le bien, qu'on le veuille ou non.

La révélation de cette infamie ayant été mise sur la table du salon, et chacun ayant pu exprimer sa compassion et son écœurement à cette affreuse réalité qui me dévaste, je propose à Jérôme de rentrer chez nous. Je ne souhaite pas poursuivre cette litanie abjecte, et donner l'impression qu'en tant que victime collatérale je me place au centre de l'impitoyable et universelle comédie humaine, aux innombrables masques interchangeables, et au sein de laquelle chacun d'entre nous prend vie, grandit, aime, agit, vieillit, tombe du fil et disparaît.

Je demande à Gauthier de ne rien révéler à sa patiente sur mon monstre de père biologique. Par son intermédiaire, en cadeau, je lui ferai passer mon roman « *C'est vrai papi que t'es presque vieux* », qu'elle souhaite lire.

Chez nous, dans le lit, je réalise que mon autre mère fut une martyre. Tout ce qui semblait verrouillé en moi depuis quelques heures se débloque ; une large porte intérieure s'est entrouverte, et mes émotions, mes pulsions haineuses se libèrent. Je maudis intensément cet homme qui agressa sexuellement cette jeune bergère Marie-Anne, qui, un jour d'orage, le cœur ingénu lui offrit l'hospitalité montagnarde.

C'est dans ce crime que je fus conçue et qu'elle devint ma mère malgré elle : *à son corps violenté, son sexe refusant et pénétré.* Je peux comprendre sa honte et qu'elle ait eu envie de se débarrasser de moi – comme d'un fruit vénéneux à la propriété toxique. En revanche, pourquoi sous X… ? Pourquoi n'a-t-elle pas avorté de l'embryon ou du fœtus que j'étais ?

À côté de mon chéri, toutes les questions que nous nous sommes posées avant de nous coucher reviennent en boucle. Me défiant, elles flottent en ribambelle au-dessus de notre couche, dangereuses comme des banderilles qu'un matador invisible aux gestes menaçants brandirait. Suis-je devenue folle ? La recherche extrême de la vérité ne pousse-t-elle pas à la démence ?

Est-ce que tout cela, qui s'est mis en place dans ma destinée et qui semble ressembler à un cirque peuplé d'artistes cruels, au double visage, est la vraie vie ? Finalement *tout ça pour ça,* pour cet épilogue pitoyable ? Et cette interrogation obstinée : que vais-je faire maintenant que je sais ? J'ai beau haïr G.H., refuser de toute mon âme ce lien de parenté, en ce début de nuit je sais que dans mes veines coule son sang.

Les yeux fermés, j'analyse nos échanges verbaux lors de notre rencontre cet été dans son refuge à Saint-Racho. Et m'imprègne la certitude que c'est là, qu'un événement hasardeux, une simple phrase prononcée par moi, un insignifiant détail ou une attitude de ma part, l'a persuadé de notre filiation et l'a convaincu de l'évidence que j'étais sa fille. Cette hypothèse, plus que plausible, donnerait un sens à ses mots expliquant sa dérobade : « *il vaut mieux pour tous les deux que nous ne nous revoyions pas* », et son écrasant silence à mon dernier mail.

Quant à moi, par réciprocité et sans doute moins perspicace, et parce que lui est rompu à emberlificoter un auditoire, jamais, malgré mon attirance envers sa verve et la personnalité qu'il extériorisait, je n'ai soupçonné qu'un lien de parenté nous unissait ou qu'un vague air de famille nous rattachait. S'il s'est joué de ma naïveté avec son projet de biographie, rien dans son manuscrit ne laissait présager un tel dénouement à mes dépens.

S'il décida sans scrupules de rompre brutalement les amarres qui nous reliaient en se murant dans le silence, ne fut-ce pas pour éviter que je puisse deviner sa perversité et découvrir le crime qu'il avait commis dans le Queyras ?

V

Que vais-je faire ?

« Au plus fort de l'orage, il y a toujours un oiseau pour nous rassurer. C'est l'oiseau inconnu, il chante avant de s'envoler. »

René Char

1

Après une nuit éprouvante, où le vent, qui s'était levé dans la soirée, soufflait fort, fouettant durement par intermittence le volet de la chambre, il me semble que j'ai vécu cette nuit une espèce de mauvais rêve, sombre de mensonges. C'était un songe plaintif me mettant en garde, révélant entre les notes et les images la trahison et la fausseté des gens auxquels nous sommes tentés d'accorder notre confiance.

Mais en me réveillant, les premières paroles de Jérôme s'inquiétant de ma nuit agitée attestent que je n'ai pas rêvé.

Je me lève, l'esprit embrouillé, n'arrivant pas à démêler toutes les questions nocturnes qui ont persiflé dans ma tête et qui me font ce matin encore souffrir. Hier à la même heure, loin de mes pensées l'idée que toute ma vie allait chavirer en quelques minutes, pour se retrouver dans un foutoir inqualifiable, avec la réalité qui me persécuterait. Faut dire que je possède si peu d'expérience de la vie et ma cuirasse est si peu épaisse !

En mon for intérieur, si une force impétueuse martèle à l'envi mon dégoût et clame ma fringale de vengeance, en parallèle une résistance en voix off tempère cet emballement. Sans chercher à excuser G.H. – tiens, mais au fait, s'il m'avait reconnue, mon patronyme serait Huasse –, cette voix exprime un certain malaise que je ressens confusément et qui se développe au cours de la matinée.

Après ce coup tordu du destin, l'analyse objective de son comportement à mon égard, depuis notre rencontre inopinée au Salon du livre de Mâcon en juin dernier, m'oblige à reconnaître qu'il fut toujours empreint de respect, d'estime, souvent réciproque d'ailleurs – en plus pour ma part de bonne foi crédule, notamment ce jour-là quand il m'acheta un livre et me fit la confidence : *de ma ressemblance avec une femme qu'il avait connue dans une vie antérieure et que cette ressemblance le bouleversait.*

Plus tard, sans faux-fuyant, quand il me parla de sa biographie il fit encore allusion à cette belle histoire d'amour d'un mois d'août dans un cadre idyllique de haute montagne, mais qui se transforma en cauchemar, affirma-t-il dans sa tanière. Aujourd'hui, je sais qu'il faisait référence à son aventure de quelques jours dans les montagnes du Val d'Escreins avec ma mère : la bergère Marie-Anne, sa victime, et qu'avec le pouvoir du mal il m'avait engendrée.

Tel un système binaire, ces deux forces contradictoires, sans vraiment s'écharper, s'opposent sur le bien-fondé de le mettre définitivement en quarantaine. L'une, la plus tenace, souhaite l'ignorer à tout jamais, au pire se venger ; l'autre, s'arc-boutant sur la raison, considère que trop de points d'interrogation ponctuent son comportement : la frime, la manipulation ou un égocentrisme démesuré ne peuvent tout expliquer ! Lui, qui a décidé de finir sa vie dans *l'Univers du Rien*, pourquoi a-t-il mis tant d'acharnement à vouloir me convaincre d'être sa plume ?

En milieu d'après-midi je reçois un texto de Jérôme ; afin de relâcher la pression, il me propose que nous nous retrouvions ce soir dans un restaurant rue de Bourgogne, dans le centre historique d'Orléans, superbement rénové avec ses maisons médiévales à colombages aux couleurs vives, réservé dorénavant aux piétons – quartier doté d'un riche passé dans lequel vécut Isabelle Rommée, la mère de Jeanne d'Arc.

Il juge qu'une soirée en tête à tête dans un cadre chaleureux et hors du temps devrait me permettre de chasser la puanteur de la veille, qui en traîtrise m'a prise à la gorge, et a faisandé notre nuit. J'apprécie l'initiative et la délicatesse de *mon* Jérôme. Mais comment éviter de parler, ne serait-ce qu'en aparté, de cet aberrant retournement de situation ?

D'ailleurs c'est lui, après le plat principal, qui aborde le sujet. Aussi, je lui parle du flou qui m'a enveloppée et de cette force conciliante qui semble avoir pris le dessus sur l'autre, plus vindicative préconisant l'affrontement… après tout, peut-être pour satisfaire mon amour-propre !

Il reconnaît que le comportement de ce *père-surprise* révèle une conduite irrationnelle, et, sinon un sadisme, pour le moins un côté odieux qui ne mérite aucune indulgence. Son approche insistante afin que je devienne *l'exploratrice de sa conscience,* puis sa fuite en rase campagne, même si elle peut s'expliquer par sa découverte de notre lien génétique, sont bien sûr antinomiques. Il est évident que c'est ce caractère hybride qui nourrit le flou que je ressens, estime-t-il, et j'en prends acte.

Nous nous interrogeons sur l'opportunité de jouer l'indifférence, la résignation et l'inaction. Symboliquement, ne dois-je pas tenter quelque chose pour le déstabiliser et lui rendre coup pour coup en profitant de l'avantage que j'ai repris ?

En effet, si lui et moi étions en décalage, dorénavant j'ai connaissance de sa paternité, mais lui, il ignore que je sais qu'il est mon père. Dans ce jeu qui ressemble à celui du chat et de la souris, ne serait-il pas jouissif de le pousser dans son ultime retranchement en lui témoignant ma répulsion pour le viol commis, avec la menace de tout révéler, et ainsi connaître son degré de bassesse ?

Cela serait l'ultime étape de ma quête sur *ma* vérité et *mes* origines, commencée lorsque j'ai appris que j'étais née sous X. À n'en pas douter, le confronter à son ignominie me libérerait mentalement et me permettrait de rebondir sur du positif maintenant que ma fiche héréditaire est établie.

Jérôme approuve cette analyse :

— Il faut d'une façon ou d'une autre que tu chasses le doute qui t'habite. Je crois aussi que l'impact psychique que tu as subi nécessite à l'opposé quelque chose de violent, en imaginant qu'un choc peut contrebalancer un autre choc.

— Et tu penses que de revoir G.H. pour lui cracher mon dégoût à la figure serait la solution ?

— Quel est le risque ? Sinon celui qu'il nie le viol. Mais rappelle-toi ce qu'il a dit et écrit, la honte est pour lui l'infamie suprême, c'est elle qui l'a amené à se surpasser et à commettre dans sa vie tant de laideurs. En face de lui, cette honte, tu la personnifieras, tu seras vraiment pour le coup non pas *l'exploratrice de sa conscience* mais la justicière. Irrésistible pour le mettre à genoux ! En cas d'échec, il faudra alors que tu aies recours à un psy pour une thérapie.

— Mais avant, il me restera le couteau à lui mettre sous la gorge ! Plus sérieusement, je veux bien réfléchir à cette hypothèse de lui rendre une visite pour un tête-à-tête dans le décor champêtre du brionnais. La nuit porte conseil !

Cette soirée dans ce cadre très vieille France, avec peu de monde pour nous observer, me transporte loin des affres de la vie quotidienne et me fait du bien. Elle me permet de relativiser : ne suis-je pas la même personne qu'hier avant le coup de tonnerre qui résonna chez la sage-femme et la foudre qui m'électrisa ? Je suis ici, apaisée, grisée par l'excellent vin blanc du vignoble voisin, avec mon chéri qui me prouve encore une fois que je peux compter sur lui – il a le vin gai et j'aime ça. Notre histoire d'amour n'est-elle pas ce qu'il y a de plus essentiel ? Quelle jouissance de se savoir aimée ! Et en cet instant, que m'importe le reste, au diable G.H. ! Nous verrons demain le sort que nous lui réserverons… Les mains fines et chaudes de Jérôme qui caressent sensuellement les miennes embrasent mes sens.

— Ah mon cœur ! Que j'aime la douceur de tes mains, si tu pouvais deviner ce que je ressens…

— Mais je le vois dans tes yeux. Comme un philtre d'amour, elles te transmettent mon fluide pour t'attirer dans mes filets. Elles sont les prémices d'une nuit magique que je te réserve !

— Ton romantisme me surprendra toujours. Mais pour être franche, je crains de ne pas être à la hauteur de tes exploits nocturnes. La nuit précédente a certainement laissé des séquelles et ma libido risque d'être en berne.

— Au contraire, pour éviter cette nuit une réplique cauchemardesque, une bonne séance de corps-à-corps et de volupté me semble tout indiquée.

— Alors, mon chéri, ce sera un bon test pour vérifier si le bon vin permet à l'amour de se bonifier, ainsi que le dit un proverbe, je crois !

Au réveil, à sa question coquine, je lui confirme qu'aucune réplique d'insomnie n'a perturbé ma courte nuit. Son remède préconisé m'a éblouie et a fait des merveilles : corps frénétiques à l'unisson, soupirs qui s'emballèrent, et à ses ardeurs sensuelles mes sens qui chavirèrent.

Avant de partir au bureau, je sors le manuscrit de G.H. de mon secrétaire. Je tiens à le relire au moment du déjeuner. Cela m'aidera à statuer dès ce soir sur l'hypothèse de lui rendre visite dans son antre solitaire où il se croit en sécurité.

2

Après ma relecture du manuscrit relatant la biographie de ce père indigne dont la fatalité m'a gratifiée, j'ai quelque difficulté à concevoir qu'il s'agit d'une lamentable parodie. Je rapproche ce récit avec ses dires et confidences échangés à plusieurs reprises, notamment lors de notre rencontre sur son terroir. Ce week-end-là, les anecdotes et événements relatés sur son passé s'imbriquaient sans contradictions bizarres ou contresens notables, et l'homme qui se livrait paraissait si sincère !

Au point final de ma lecture, la décision est prise : j'irai lui dire en face à face mon indignation et mon courroux pour la souffrance que j'ai endurée. C'est comme un passage obligé qui interdit le demi-tour.

Je lui gueulerai la honte qui s'est nichée en moi depuis que je sais que la même sève nous alimente, pour qu'il connaisse l'épouvantable vertige qui m'a saisie lorsque j'ai appris son forfait. Il m'a prise pour un jouet, aujourd'hui j'ai l'avantage de la surprise, alors c'est moi qui vais jouer avec lui ; il sera mon pantin, et tranquillement en froide cruauté je le désarticulerai.

Lors de nos retrouvailles du soir, j'annonce à Jérôme sur un ton convaincant mon intention d'aller châtier Georges, dans sa tanière d'ours très *mal léché*. Sans chercher à m'influencer, il est persuadé que c'est la bonne décision, celle qui lui semble la plus compatible avec mon tempérament intransigeant, et qui me permettra de crever définitivement l'abcès purulent avant qu'il n'infecte gravement mon esprit.

— Quand ce matin tu m'as dit que tu prenais avec toi le projet écrit de sa biographie pour une relecture, j'ai eu le pressentiment que tu étais dans les starting-blocks pour aller lui faire sa fête. Bien entendu j'irai avec toi. Je vais téléphoner à mon oncle de Mâcon, et lui demander s'il peut nous héberger le week-end prochain. Nous pourrions partir vendredi en fin d'après-midi et rentrer dimanche dans la soirée.

Une demi-heure plus tard, le sympathique tonton salue notre prochaine visite. Il nous accueillera avec son hospitalité coutumière.

Et puis, nous devisons sur l'utilité d'une telle rencontre, sur les risques que nous allons prendre et sur son objectif. En positif, il apparaît surtout que par elle, en me libérant de l'impression de subir cette infamie paternelle et la colère qui m'a imprégnée, je devrais retrouver le contrôle de ma destinée.

Ensuite, mon optimisme inné, mais réaliste, m'incite à passer par cette épreuve non évidente, peut-être *casse-gueule.* Elle m'autorisera à envisager avec une totale sérénité mon avenir et me soulagera peut-être définitivement de la peur chronique qui imprime ma nature profonde – une peur, certes invisible, mais qui comme un poids de culpabilité pèse sur ma conscience depuis l'âge de compréhension des choses de la vie.

Au fil de notre discussion, Jérôme m'apporte un autre argument plutôt provocateur, mais pour être honnête qui m'avait aussi effleuré la raison :

— Sans lui chercher des circonstances atténuantes car la morale l'interdit, et ce qu'il a fait est exécrable, mais quand même ne peut-on pas se demander si lui-même n'est pas une victime de ses antécédents familiaux, de son enfance à la honte maladive qu'il endura très tôt et qui pourrit sa jeunesse ?

— Peut-être, mon chéri, je sais que sa vie n'a pas été un conte de fées ; mais chaque être doit gérer ses faiblesses et ses lâchetés. Nous sommes tous soumis à la loi humaine : celle du bien et du mal. Moi, je considère que le mal qu'il a fait ne mérite aucune concession, et j'ai décidé de le combattre !

— Évidemment, sur le fond je suis d'accord. Qu'il demande pardon, qu'il reconnaisse sa trahison vis-à-vis de toi, c'est la moindre des choses ! Mais laissons-le s'expliquer. Je me souviens du monologue qu'il nous a fait sur sa croyance en l'irrationalité des choses ; ne sommes-nous pas dans ce schéma ? Et puis, si tu veux retrouver la trace de la femme qui t'a mise au monde, utilise-le ! Il a peut-être quelques éléments matériels sur elle : une photo, une adresse, une lettre avec sa signature, sa date ou son lieu de naissance… que sais-je ! Si tu le secoues trop durement, tu n'obtiendras rien de lui.

Ce début d'automne – la saison aux matins à la teinte grise et aux journées à la pâle lumière, aux feuilles jaunissantes, au sommeil qui subrepticement envahit la nature et la prépare à son hibernation – sera-t-il celui de ma renaissance ?

Je le crois ! De toute mon énergie, je veux rebattre les cartes pour que sortent du lot celles de l'espérance et de la sérénité. Après tant d'années de doutes, de décennies de peur depuis mon premier cri de *bébé né de X*, que la foi sans faille en la vie enfin m'inonde !

Je sais maintenant que mes racines sont pourries, mes origines et mon ascendance peu glorieuses, alors je dois pour effacer les pages noires de mon passé délétère affronter ce sale bonhomme en face à face – en mode *allegro* ou *moderato,* je verrai en fonction de mon inspiration et de sa réaction.

Avec un peu de chance et ma bonne étoile en soutien, comme l'a suggéré Jérôme, peut-être que par l'entremise d'un autre concours de circonstances, il m'apportera des indices qui me permettront de remonter jusqu'à ma mère biologique !

Aussi, comme dirait *mon* papi adoré avec fatalisme et avec la persuasion de son bon sens rural : « fonce dans l'adversité, et advienne que pourra ».

3

Samedi matin.

Nous sommes arrivés hier en début de soirée à Mâcon.

Ce matin, sous un ciel maussade à la brume automnale envahissante qui enveloppe le Val de Saône et qui a déposé un voile humide et ouaté, sur le sommet de la Roche de Solutré, nous faisons route en direction de Saint-Racho. Dans la voiture, de crainte d'un oubli fâcheux mais aussi pour conforter ma confiance, à l'emporte-pièce je reformule à Jérôme toutes les interrogations auxquelles G.H. devra répondre : « *Ne t'inquiète pas. Tout ira bien, ma chérie* », m'assure-t-il.

Au-dessus des collines brionnaises, la brume se dissipe timidement. La montagne de Dun et sa chapelle romane se devinent au travers d'un halo de soleil blanchâtre. La lumière a du mal à s'imposer et à faire briller le décor.

En arrivant au domaine, tout de suite je remarque que le magistral châtaignier a subi les outrages de la saison ; sans verdure, avec une bonne partie de ses branches décharnées, il a perdu de son élégance. Un choc émotif m'étreint lorsque je repense à l'été dernier qui paraît si proche, et aux heures de dilettante passées sous l'ombrage protecteur de cet arbre honorable peut-être centenaire qui inspire confiance.

Me reviennent en mémoire les paroles à l'ironie bon enfant de G.H. : « ... en image du bon Roi Saint Louis sous son chêne », et ce fut à n'en pas douter à cet endroit qu'un événement irrationnel l'a persuadé de mettre un terme à notre relation avec cette phrase « Il vaut mieux pour tous les deux que nous ne nous revoyions pas ».

En revenant dans ce lieu au doux paysage, j'espérais qu'un flash se produirait et m'éclairerait sur l'instant où Georges a décidé de renoncer à son projet de biographie en prenant conscience que le hasard avait placé sa progéniture en face de lui. Mais dans cet *univers du Rien,* c'est le désert, et rien de rien ne se révèle. En complément de ce triste tableau, la maison en pierres du pays a ses volets fermés, le hangar qui sert de garage est vide, le potager est en friche.

Et en prime... la surprise que nous lui réservions avec notre visite revient sur nous comme un boomerang pour nous assommer.

En nous approchant de l'enclos, nous apercevons, sur le large portail en bois, l'écriteau d'une agence immobilière de La Clayette avec cette annonce en lettres rouges sur fond blanc : « À vendre ».

— Tiens ! On dirait, Méline, que notre oiseau s'est envolé, il a abandonné son nid, s'exclame Jérôme, médusé.

— Ça, c'est trop fort. C'est insensé et vraiment ça m'emmerde.

— Il ne nous a pas attendus. Mais que s'est-il passé pour que l'ermite renonce à son havre de paix ?

— Tu veux dire à son repaire de faux-semblants, de mensonges et peut-être de vices !

— Et si nous allions jusqu'à La Clayette interroger l'agence immobilière pour retrouver la trace du *Georges* envolé ?

— Je pense en effet que c'est notre dernière chance de retrouver sa trace.

Quinze minutes plus tard, nous sommes devant la devanture de l'agence, située dans la principale rue commerçante, à deux cents mètres du magnifique château médiéval, en train de visualiser la fiche de l'annonce précisant les conditions de vente de la maison de Saint-Racho. Le prix affiché de 120 000 euros nous semble peu élevé, mais il est vrai qu'ici, avec l'activité économique en déclin, le marché de l'immobilier local ne peut pas être aussi florissant que celui d'une grande ville comme Orléans.

Nous sommes accueillis de manière très professionnelle par un négociateur disponible. Il nous informe que ce bien est en vente depuis assez peu de temps – trois semaines –, et qu'il s'agit d'une incontestable opportunité car le vendeur souhaite se libérer rapidement des charges de cette propriété, ce qui explique que le prix proposé soit plutôt alléchant.

Pour l'amadouer, Jérôme évoque ses attaches familiales mâconnaises qui peuvent expliquer notre intérêt pour la région et notre intention d'une éventuelle acquisition dans ce secteur. Mais rien n'y fait, nous n'obtenons aucun renseignement sérieux sur le vendeur :

— Je suis désolé, mais je ne peux pas vous donner la moindre coordonnée de notre client. Nous avons signé un mandat d'exclusivité et il nous a interdit formellement de communiquer toute information le concernant. En outre, nous ne possédons ni adresse postale ou numérique ni numéro de téléphone. Il a donné une procuration notariée à son fils qui est notre interlocuteur, c'est lui qui s'occupera des formalités administratives liées à la vente et qui signera l'acte.

Sonnés. Dépités, nous n'insistons pas. Il nous propose une visite du bien, que nous déclinons évidemment. Je prends malgré tout sa carte professionnelle.

— Je crois que cette fois-ci ton fantôme de père s'est vraiment fondu dans son *Univers du Rien*, je dirais même qu'il est devenu infiniment moins qu'une particule de presque rien, déclare Jérôme irrité par ce nouveau revers, sur le trottoir à quelque distance de l'agence immobilière.

— Mon cœur, je ne comprends vraiment pas, ni sa stratégie ni sa psychologie. Est-il dans un état mental normal ? Question qui mérite d'être posée. Je crois me rappeler qu'il avait mentionné sans insister, lors de notre entrevue, que tout ce qu'il avait supporté l'avait fait craquer l'entraînant dans une sévère dépression. A-t-il rechuté ?

— Bof ! Après tout, quelle importance ! Sa disparition n'est-elle pas pour nous la meilleure des solutions ?

— Non, je ne le pense pas. La frustration que je ressens restera toujours tapie dans mes entrailles. Lui dire sa vérité m'aurait permis de guérir.

En direction de Mâcon, afin de retrouver l'oncle et la tante pour le déjeuner, nous restons silencieux, le cérébral de l'un et de l'autre en cogitation, certainement sur des réflexions analogues pour l'essentiel. Peu avant leur domicile, Jérôme émet cette idée pour le moins singulière :

— Et si, ma chérie, nous réfléchissions à l'opportunité d'acheter cette maison ?

Je ne peux empêcher un rire sarcastique de sortir de ma gorge :

— C'est un gag !
— Tu peux rire, mais ce n'est ni une blague stupide ni une idée saugrenue, je vais t'expliquer…
— Alors, je t'écoute très sérieusement.

Je le laisse développer sa vision de la chose ; son premier argument s'adresse à ma sensibilité d'enfant abandonnée :

— Tu as maintenant la quasi-certitude qu'une partie de tes origines a pris racine dans ce coin de France. C'est ici que la mère de Georges, ta grand-mère, a grandi, et donc, avec cette acquisition tu rétablirais un lien générationnel avec ta branche paternelle.

Après un rapide décodage, ce logique point de vue correspond sans conteste à ma soif viscérale de remonter le fil qui me relie à l'histoire de ma famille de sang.

— Tu viens de viser juste, un pour toi et zéro pour moi. Mais continue !

— N'as-tu pas envie de connaître ton demi-frère ? À l'occasion de cette vente n'est-ce pas une chance unique de le rencontrer, d'abord sans révéler votre lien de parenté, et ensuite si le courant passe entre vous en avouant l'hérédité qui vous lie ?

— Ouais ! Alors là, je ne suis pas convaincue. Que lui dirais-je de crédible : « je suis ta demi-sœur de vingt-quatre ans, bâtarde et née sous X, tous les deux nous portons les mêmes gènes d'un père affreux qui a violé ma mère dans une bergerie dans le Queyras, et dont je suis le rejet ? » Il va me prendre pour une folle ! Et quelles preuves pourrais-je lui apporter ?

— Vu comme ça, c'est vrai que c'est risqué ! Bon, tu égalises. Le dernier point est purement financier ; le prix demandé me paraît très raisonnable. Nos revenus nous permettent d'envisager un prêt bancaire sans soucis pour notre budget. Et puis, égoïstement, la région qui est une terre de poésie me plaît beaucoup. Même en cette saison, elle est superbe. Je suis certain que pour ton inspiration, ici, ce sera magique. Entre parenthèses, nous pourrions demain aller visiter à Saint-Point le château de Lamartine où ce poète repose.

Assurément, ses explications ne justifient plus aucun gloussement de ma part, bien au contraire, et j'abonde dans son sens, notamment sur le premier argument. Pour les autres points, je reste dans l'expectative. En complément de mon propos précédent, pourquoi irais-je perturber sadiquement le fils de G.H. en lui révélant notre lien de parenté ? Cette révélation serait cruelle. L'idée de lui faire du mal en souillant l'image de notre père – une image pourtant que je maudis – en lui racontant les saloperies qu'il a commises, et lui imposer ainsi les souffrances que j'ai connues, me déplaît vraiment.

Nous arrivons devant le pavillon de nos hôtes.

Je n'ai plus le temps de parler à Jérôme du pressentiment qui m'oppresse depuis ce nouveau et retentissant coup du sort qui m'a giflée tout à l'heure à l'agence immobilière. Fondamentalement, je crois qu'il a sonné le glas de ma lutte contre cet adversaire invisible : l'ex-ermite de Saint-Racho. Il a un temps d'avance sur moi et semble toujours anticiper mes manœuvres et mes actes.

À mon âge tout est inédit, de jour en jour je découvre l'âpreté de la vie aux multiples malfaisances et ses gifles brutales, et malgré le soutien de Jérôme, mentalement je décroche. Foncer... foncer... toujours foncer... mais pourquoi ? Pour aller où et pour atteindre quoi ? Est-ce sans fin ? Alors, que tout ça prenne fin. « AU SECOURS, papi, je vais craquer ! ».

Comme le lâche qu'il est, l'ermite a pris son baluchon. Il a foutu le camp, en me laissant au bord de l'anéantissement avec mon doute, mon incompréhension. Une mélancolie insidieuse et paralysante qui diffuse le sentiment de la difficulté d'être et de grandir en tant qu'adulte commence à m'assiéger. Je pense que les réflexions de mon chéri, portant sur une éventuelle acquisition de la maison de Saint-Racho, resteront lettre morte dans l'immédiat. Ce serait tellement surréaliste.

J'imagine ne plus jamais revoir cet odieux père fantôme. Il me fait honte !

Toute la sphère dans laquelle j'évoluais s'est fissurée, elle a pris l'eau de toute part, bientôt elle me submergera. Déjà, les uns après les autres, mes repères boivent la tasse. Et là, dans la voiture à côté de Jérôme, j'ai tellement envie de pleurer !

C'est comme si un étrange virus sorti des entrailles de la Terre m'avait ciblée en contaminant mon atmosphère intime. Il me pousse à vouloir déserter la réalité et trouver refuge dans une autre sphère : celle du renoncement. Et tout oublier. Par son absurdité, la vérité est si cruelle ! Elle fait si mal ! Et quelle misérable *comédie humaine* !

Devant moi, dans un flou, les paupières entrouvertes, je cherche dans le gris du jour le visage serein au regard loyal et encadré de sa crinière toute blanche de papi, qui comme toujours m'encouragerait : « Cramponne-toi, ma petite Chérie. Cramponne-toi, je suis là ! ».

VI

La masure

Elle porte le nom banal de masure brionnaise
Au confort sans aise mais à l'ambiance conviviale.
La toiture ancestrale aux classiques mortaises
Nous protège des averses et du temps hivernal.

Murs massifs, centenaires, aux quatre vents du bief.
À la bise qui assèche, la charpente tourmentée
Siffle incommodément. Sifflement de grief
Aux présences trop brèves de ceux qu'elle a aimés.

1

Première quinzaine de janvier. Quel début d'année trépidant pour Jérôme et moi !

Il y a deux jours, nous nous sommes pacsés. Après le repas qui fêtait l'événement, nous avons, en cercle familial restreint, abordé l'énigme de mon ermite de père disparu sans crier gare.

Tous savent que c'est mon géniteur et connaissent l'espoir que je plaçais en lui afin de retracer l'itinéraire de la femme qui me donna la vie. Je les avais informés de ma déception quand j'avais aperçu le panneau « À vendre » sur le portail de sa maison ; puis, du choc intérieur ressenti comme si cette bâtisse m'adressait en douce un message masqué : « *un signe transmis de manière subliminale par les mânes de tes ancêtres, va savoir...* », pour reprendre la parabole ironique de mon bien-aimé.

Mais au-delà de ce lieu commun un peu simpliste et de mon indignation quant à cette fuite, mon esprit critique en éveil aimerait savoir ce qui se cache derrière ce départ précipité :

— Je ne suis pas dupe, c'est en relation avec notre rencontre de cet été, comme s'il craignait une nouvelle confrontation avec moi, quand il a compris que j'étais sa fille. C'est certainement ça, le sens du message : il a honte de son obscène mensonge, leur dis-je.

— Mais, ma petite Chérie, tu nous as affirmé que c'était impossible qu'il puisse connaître votre filiation ;

d'ailleurs comment serait-ce possible ? Votre rencontre, d'après ce que tu nous as expliqué, est on ne peut plus fortuite. Sûrement que tu te fais des idées, me répondit papi.

— À part un certain feeling entre nous ou quelques allusions de sa part sur ma vague ressemblance avec la bergère qu'il a rencontrée et aimée, je le confirme. Sauf si je fus complètement aveugle ou sourde à certains signes, il aurait pu capter actes et paroles qui échappent à ma raison.

Dans son espace solitaire, nos esprits furent certes en connexion sur certains sujets, mais qu'ai-je raté ? Quelle destinée avons-nous en commun ? Je me suis maintes fois interrogée en me triturant le cerveau.

Inévitablement, je leur ai parlé de l'interrogation de notre couple portant sur l'achat de la masure du village de Saint-Racho. Jérôme apporta quelques précisions, notamment sur l'intérêt touristique de l'endroit, rehaussé notamment par le joyau architectural incontournable que représente la chapelle de Dun aux lignes romanes, bâtie au douzième siècle et magnifiquement restaurée à la fin du dix-neuvième par les soins du comte de Rambuteau.

Plus motivé que moi, avec conviction il développa son envie d'en devenir le propriétaire. À l'unanimité ils approuvèrent ce projet. C'est maman qui eut l'argument le plus convaincant :

« Tu sais, Méline, que je t'aime plus que tout, mais il est primordial de voir au-delà du présent. Vous aurez, je l'espère pour vous, des enfants, et vois-tu, pour des parents c'est super valorisant de pouvoir leur transmettre une histoire personnelle. Toi, tu as deux familles, celle qui t'a adoptée et l'autre : ta famille génétique que tu commences à découvrir. Alors, je pense que Jérôme a raison, cette maison sera le lien intergénérationnel avec ceux de ton sang, qui sera aussi celui de ta progéniture. »

Le soir, en tête à tête, elle me proposa une aide financière. Elle m'informa que depuis quelque temps elle réfléchissait à me gratifier d'une donation notariée. Si je l'acceptais, elle pourrait s'effectuer lors de la concrétisation de ce projet immobilier.

Ce jour-là, maman et la famille présente m'ont convaincue.

Alors, en cette fin d'après-midi, je viens de prendre rendez-vous avec l'agence immobilière de La Clayette, pour que nous établissions le compromis de vente. Penser que je vais à l'issue de cet achat rencontrer mon demi-frère provoque en moi une sensation de panique. Vis-à-vis de lui, qui ignore que le même ascendant paternel nous relie, quelle attitude faudra-t-il que j'adopte ? Le déstabiliser en lui avouant la vérité sur notre père, au risque qu'il me prenne pour une malade mentale, ou remettre à plus tard – peut-être à jamais – la véritable motivation qui m'a poussée à acheter cette confortable masure ?

Mais, en sincérité, avec la prise de possession de cette maison – une espèce de trophée de guerre –, vicieusement, j'y vois un sacré pied de nez adressé à G.H. Comment réagira-t-il quand il lira mon nom sur l'acte de transfert de propriété ? Aura-t-il le cran de dire à son fils que cette Méline Lepré, qu'il avait en face de lui lors de la signature chez le notaire, est sa demi-sœur de sang ?

La situation est cocasse et un sentiment de vengeance me fait sourire.

VII

Le manuscrit

Vierge et blanche est la page : cette muette confidente
À la ligne attentive ; en tiède nonchalance,
D'un tracé cursif et à l'écriture stridente,
Devons-nous la noircir et prendre son innocence ?

Devons-nous tout lui dire en prose ou en poésie,
En style métaphorique ou en rébus confus,
Nos amours inventées et l'amitié trahie,
En gribouillis nos peurs et nos espoirs déçus ?

1

Nous avons signé il y a une dizaine de jours l'acte d'achat de la masure brionnaise. Chez le notaire la situation me parut surréaliste. J'avais à mes côtés mon demi-frère, qui se trouvait bien sûr, toujours dans l'ignorance de notre parenté. *De facto*, à plusieurs reprises lors de nos échanges verbaux, je me sentis mal à l'aise, prise dans un étau de déloyauté et d'hypocrisie, mais je dus me résigner à jouer ce rôle peu flatteur.

Il nous proposa de déjeuner ensemble dans un restaurant du centre-ville. Je découvris un homme séduisant, mais réservé. Il a le regard convaincant et il possède le don oral de notre père, avec son esprit synthétique. Nous apprîmes peu de choses sur sa vie privée, sinon son célibat : un choix en accord avec son goût de l'indépendance et sa passion pour les voyages lointains : il aime le dépaysement, l'excitation et le mouvement qu'ils provoquent.

Jérôme et moi avions la trouille à ses quelques questions de commettre une gaffe verbale, notamment lorsqu'il a demandé la motivation qui nous avait incités à acheter cette propriété qui lui semblait loin de nos attaches orléanaises et si isolée pour de jeunes citadins tels que nous. Moins émotif que moi et me sentant en porte-à-faux, plusieurs fois j'ai laissé mon compagnon lui répondre, en approuvant.

À l'inverse, je l'ai interrogé sur la raison qui avait poussé G.H. à vendre ce bien, et si lui n'avait pas éprouvé quelque peine à le voir disparaître du patrimoine familial. Il nous apporta une réponse sans ambiguïté. Il fut très surpris quand il apprit qu'il le mettait en vente, car sentimentalement il savait qu'il y tenait énormément. Quant à lui, il n'avait ni attachement affectif pour cette maison ni aucune attirance pour cet endroit. Il n'y vint qu'épisodiquement lors de week-ends prolongés, et il y a longtemps.

Au cours du repas, je m'en voulus pour mon attitude mensongère ; il n'était pas mon ennemi, aussi, envers lui un sentiment de culpabilité m'étreignit. Que pensera-t-il de mon comportement actuel, indigne, plutôt cynique, à faire de l'esbroufe, quand il découvrira – fatalement cela se produira à plus ou moins brève échéance – que je suis sa demi-sœurette et que là, en face de lui, je le pris pour le pire des idiots ? Personnellement, à sa place ma rancune serait à vie.

À la fin du repas, je fus à deux mots de tout lui révéler. Mais par crainte de sa réaction hostile, l'audace me manqua, ce qui me valut un reproche de Jérôme en regagnant notre véhicule. En nous séparant à la sortie du restaurant, je l'ai salué par la formule cliché :

— Au revoir, monsieur Huasse. Bon retour à Paris.

À son tour il nous salua et ses paroles accentuèrent ma gêne.

— Très heureux d'avoir fait votre connaissance. Cela serait très surprenant que nous nous revoyions, mais à dire vrai qu'en sait-on ? Je vous souhaite un bon emménagement à Saint-Racho. Je vais informer mon père que je vous ai remis les clés de la maison et qu'elle sera bichonnée.

Pourquoi continuer à louvoyer avec celui qui est mon demi-frère ? Quelle imbécile je suis ! M'accablai-je. Instinctivement, par un regard, un sourire ou par un silence, lui et moi, semblions nous comprendre.

Nous sommes au début du printemps. En rentrant chez moi, je m'arrête comme d'autres badauds sur le pont George-V qui surplombe la Loire pour admirer un vol d'oiseaux migrateurs qui remontent le fleuve, en formation parfaite du « V ». Le tableau est magique, étourdissant de beauté et de vie simplement. À proximité de moi, un homme d'une soixantaine d'années m'explique qu'il s'agit d'une technique permettant aux volatiles de créer une aérodynamique efficace demandant moins d'efforts. Solidairement, les oiseaux se relaient à la tête du groupe : « N'est-ce pas un bel exemple de fraternité ; l'espèce humaine devrait s'en inspirer », me dit-il en hochant la tête. J'acquiesce en cogitant sur la situation présente de mon groupe familial qui me donne l'impression de tirer à hue et à dia ; c'est le moins que je puisse en penser.

Arrivée à la résidence, je trouve dans la boîte aux lettres une épaisse enveloppe kraft grand format à mon nom, avec en diagonale sur son côté gauche la mention en lettres grasses « Personnel ». Intriguée, dans la cuisine de l'appartement, je l'ouvre, et je reste interdite en lisant le mot manuscrit qui accompagne les pages de cette liasse rédigée en mode Word.

Chère Méline,

Si vous lisez cette quarantaine de pages en complément de celles déjà en votre possession, vous comprendrez la raison de mon départ de Saint-Racho.

Dans votre lecture vous découvrirez une révélation que je vous dois, mais que je n'ai pas eu le courage de vous faire en face à face. Vous serez sans doute stupéfaite d'apprendre que des liens filiaux nous unissent, et je vous demande pardon pour mon attitude lâche et honteuse.

Si vous avez pensé qu'avec mon projet de biographie j'ai par pressentiment tenté de vous manipuler, vous avez eu raison ; je n'en suis pas fier.

Quelle surprise et quelle émotion de savoir qu'avec Jérôme vous avez acheté mon nid d'aigle brionnais ! Encore une preuve de l'irrationalité de l'existence. Toute une vie tient à si peu de chose. Le moindre grain de sable dans la mouvance d'une destinée, en l'occurrence un grain de beauté sur une blanche peau – le vôtre Méline, si caractéristique, et qui fut pour moi la révélation de nos liens génétiques –, et tout se dérègle, notre histoire tangue, une nouvelle aventure nous attend sur une autre rive du destin.

Ma très chère maman – votre grand-mère – quelque part dans son éternité doit très certainement s'en réjouir et vous bénir pour cette belle et surprenante initiative… Elle aimait tant ce cadre verdoyant, et cette demeure familiale qu'elle a quittée pour son plus grand malheur.

Dans l'immédiat, je parcours le sud de notre pays. Je vais de monastère en monastère, et ils sont assez nombreux, afin de retrouver la femme, qu'une nuit dans le Queyras j'ai déshonorée : votre maman.

Je le fais pour vous, afin que votre quête identitaire se réalise, mais vous saurez tout en lisant ce manuscrit. J'espère que le réel concrétisera ce rêve et récompensera tous vos efforts.

Si vous estimez que ces pages peuvent alimenter votre imaginaire pour un prochain roman, je vous laisse carte blanche afin que votre talent littéraire vous permette d'en tirer la meilleure quintessence.

Vous avez fait la connaissance de votre demi-frère. Quel bonheur ! En revanche, lui ne sait toujours pas les liens biologiques qui nous lient tous les trois. Après la fin de mon périple, quand j'aurai posé mon bâton de pèlerin et retrouvé Marie-Anne, je vous proposerai une rencontre ; je mettrai les choses au clair et je battrai ma coulpe.

De tout cœur, je souhaite vous apporter dans les prochaines semaines une heureuse nouvelle.

Bien à vous ma chère Méline.

Georges

Quel contrecoup !

Le premier moment d'étonnement passé, ma cuirasse se fragilise, mon orgueil vacille ; mais au moins, j'ai la certitude qu'il ne se doute pas que je sais le forfait sexuel qu'il commit il y a vingt-quatre ans et qu'il est mon géniteur.

Haletante, je vais au salon, je m'assois sur un des fauteuils. La peur d'antan que je croyais avoir apprivoisée à jamais, comme un spectre famélique armé de piques sort de l'oubli. Je panique.

La lumière du jour décline et Jérôme ne tardera pas à arriver, mais j'ai l'estomac trop noué pour penser au repas de ce soir – et avec un tel nœud comment pourrait-il passer ? Je commence la lecture du manuscrit de G.H.

Quels mensonges, quel autre mal dans ces pages, dans ces mots et anecdotes, vais-je encore découvrir ? Pourquoi, en parabole d'un grain de sable, a-t-il évoqué ce grain de beauté sur ma nuque ?

VIII

Les spectres du passé

« *La force de l'errance, c'est de m'avoir permis de vivre un certain temps dans le présent...* »

Raymond Depardon

1

Sur son chemin de repentance, Georges dut affronter de longs mois d'errance. D'abord l'errance humaine, celle qui est en soi, présente à chaque instant dans notre sang et nos cellules, accrochée à nos pas depuis la naissance et qui nous suit dans le temps avec nos rêves en bandoulière et notre passé qui s'enfuit comme un brigand. Ensuite, l'errance géographique, qui nous fait migrer pour des terres d'aventures avec parfois à l'horizon un éclair de bonheur.

Sur ces routes, Georges va tel un pèlerin en pénitence, les errements, la fatigue, la honte et les fantômes de son passé à ses basques. Après avoir laborieusement parcouru le vaste territoire ensoleillé et parfumé de la Provence, ensuite celui de la Catalogne, en remontant par les paysages sauvages et montagneux des Cévennes, enfin, c'est sous le ciel du mois d'octobre et ses frimas, dans un monastère de la Drôme provençale, que son errance s'est terminée. Il était temps.

Dans ce lieu de recueillement, ouvert aux personnes désireuses d'effectuer une retraite spirituelle, il avait réservé, ainsi qu'il le fit dans les autres monastères où il passa, un hébergement de quelques jours. Aux confins du Vercors, pays de hautes falaises d'une blancheur éclatante sous le soleil, encadrant des vallées encaissées et ravins vertigineux, il avait choisi cet endroit aux collines escarpées, pour sa nature sauvage.

Après tant de mois éprouvants, découragé, au paroxysme de l'épuisement, l'esprit torturé par le remords, il ne comptait plus que sur un phénomène céleste : un miracle, pour retrouver Marie-Anne.

Malgré son habit de nonne, quand il l'aperçoit en ce début d'après-midi dans la boutique du monastère dont elle est la gestionnaire, sans hésitation, captivé, il la reconnaît. Un voile grisâtre en coiffe laisse deviner une chevelure à la couleur de la cendre. Ses yeux verts pétillants, toujours si expressifs, avec toujours cette étrange lumière qui l'avait tellement ébloui dans la beauté pastorale du Val d'Escreins, la forme et certaines expressions de son visage, son allure élancée, la clarté de sa voix, le persuadent que son périple se termine là, dans ce vallon isolé, boisé, au pied des montagnes du Vercors.

Elle-même tressaille de se retrouver en face de lui. Aussitôt, elle sait qui il est. Mais d'où vient-il et que fait-il ici ? Quel fluide providentiel permet cette rencontre surréaliste ? se demande-t-elle.

Elle estime qu'il n'a pas trop changé, que le temps n'a pas gravement altéré sa prestance. Elle présume que sa présence dans ce lieu hors du temps, avec si peu d'écho du monde extérieur, n'est qu'une coïncidence, un accroc involontaire du hasard. La tradition hospitalière séculaire de sa communauté l'oblige à ne pas se dérober face à cet aléa providentiel.

À cette heure de la journée et en cette période de l'année, les retraitants sont peu nombreux, aussi Georges jouit d'être le seul client dans la boutique, il en profite pour engager une conversation :

— Bonjour, Marie-Anne. Je suis Georges, mais je crois que vous m'avez reconnu. Je suis ici en retraite pour quelques jours. J'ai besoin de me refaire une santé mentale. Je ne suis pas loin du point de rupture. Mais je ne suis pas venu pour parler de moi. Peut-on se voir tout à l'heure ? J'ai quelque chose d'important à vous dire. Je pense que cela vous fera plaisir.

Elle lui répond avec un froncement de sourcils et un regard qui le fixe ardemment, comme pour lui dire « *tu sais, je ne t'ai pas oublié, ma mémoire n'a pas passé l'éponge* ».

— Ici, avoir des liens personnels avec les résidents n'est pas d'usage. C'est un lieu de prières, de silence, de méditation, de reconnaissance envers Dieu et les moments d'oisiveté sont rares. Mais exceptionnellement, demain après le déjeuner et avant d'ouvrir la boutique, nous pourrons nous retrouver, juste quelques minutes, dans le jardin botanique du monastère.

— Bien sûr. Merci et à demain…

D'un clignement des yeux et un hochement de la tête, Marie-Anne lui signifie que la discussion est close. Elle n'apprécie pas cette visite impromptue et cette réminiscence du passé. Elle n'a jamais oublié le monstre qui sommeillait en lui et la part sauvage de son être, plus animal qu'homme, qu'il exhiba il y a presque vingt-cinq ans, ni la névrose qui s'ensuivit et la dévora après l'accouchement et l'abandon sous X de son bébé. Mais elle veut faire face à cette force négative et contraignante de la réalité qui vient de se réveiller. Dieu comme toujours l'aidera à résister à cette épreuve.

Malgré ses prières, son appel aux Cieux et aussi quelques raisonnements qu'elle étaye dans sa cellule aux murs nus et au décor spartiate, où l'abnégation et le mystère résonnent dans le dur de la pierre, naturellement sa nuit est très agitée. Une impression pénible de repartir à contresens, de retrouver une vérité qu'elle avait fuie l'assaille.

Au fil de la nuit, sa vision du réel se brouille : « *pourquoi ose-t-il venir la troubler dans son refuge de sérénité, de mysticité, d'amour envers Jeanne d'Arc, sa référence éternelle ? Pourquoi cette intrusion dans sa solitude, son silence et l'oubli, dans sa vie sans photos, sans visites, sans pensées vénéneuses, dans l'indifférence du temps ?* »

Elle se trouve si bien dans l'obéissance aveugle au message divin, auprès de ses sœurs, cette nouvelle famille spirituelle qu'elle se fit après sa fuite d'Orléans. Comme dans une citadelle, ici, où les curieux ne sont pas les bienvenus, elle se sent protégée par une onde chaude et bienfaitrice qui l'effleure puis la pénètre, fortifiant son âme. Dans cette cachette de ferveur, de prières, si loin de la fureur et de la cupidité du monde, de la folie qui s'empare à pas de loup de l'humanité, des lamentations et des tentations, jamais dans la paix de cet endroit où les sentiments ne s'expriment plus, entre les travaux, les tâches du quotidien et les nombreux offices, elle ne ressent le poids de la solitude.

Quant à Georges, cette entrevue imprévisible dans ce lieu de recueillement qui favorise l'introspection l'incite à rédiger à son coucher deux messages personnalisés à l'attention de ses enfants, qu'il met dans des enveloppes cachetées.

Après ma mort, à remettre à mon fils Richard Huasse.

Après ma mort, à remettre à ma fille Méline Lepré.

Il posa les deux enveloppes sur la table de chevet et se coucha.

Mais en embuscade, un accablant, indéfini pressentiment hérissé de tourments, alimenté par un refus chronique de ce monde dans lequel il se sent tantôt coupable, tantôt victime, harcèle son esprit. Il le tient en éveil durant plusieurs quarts d'heure.

Et cette nuit, dans sa cellule anonyme du monastère au lit étroit et dur, encerclé par des fantômes omniprésents, il perd le dialogue avec sa petite voix : son double intime, sa seule confidente, à la fois son masque et son guide. Celle qui tel un arc-en-ciel irradiait jusqu'à présent son labyrinthe cérébral et son vide sentimental.

Alors, sans elle et sa lumière, si solitaire et sans garde-fou dans l'inconscience du sommeil, son esprit pathologiquement fébrile s'embrume, et au fond du fond de son cœur germe une envie morbide de disparaître.

Au matin, dans un de ces moments où l'esprit s'éloigne du réel et s'échappe on ne sait où, à la recherche d'un je-ne-sais-quoi, comme une torture tomba cette question : « *comment puis-je rester sans honte parmi les vivants, quand tant de morts, dont je suis responsable, manifestent inopinément leur présence* ? »

La communauté se compose de neuf religieuses. Sauf pour quelques produits, elle est organisée pour vivre en autarcie pour l'essentiel. Dans ce décor médiéval et solennel au silence absolu, dans le réfectoire aux magnifiques voûtes en grès calcaire et aux murs massifs, les repas se déroulent collégialement selon des règles immuables. À un bout de l'immense table en bois massif provenant des chênaies de la région se regroupent les moniales, à l'autre extrémité, dans le mutisme s'installent les retraitants – une demi-douzaine ce jour-là.

À la fin du repas, celles et ceux qui le désirent peuvent profiter du temps ensoleillé et de la douceur du début de l'automne en déambulant dans les allées du potager et du verger qui jouxtent le grand cloître, respirer les effluves du jardin botanique aux nombreuses plantes aromatiques et médicinales produites, cueillies puis vendues aux visiteurs et à quelques herboristeries provençales. Un rucher d'une vingtaine de ruches situé derrière un bosquet en fin de la propriété permet aux abeilles de butiner en local, et à la communauté de proposer ainsi un miel *bio*, estampillé au nom du monastère. Des senteurs automnales montent du jardin et embaument l'air.

Marie-Anne et Georges prennent place sur un banc en bois de l'endroit, situé à quelques mètres d'un puits en pierres ; il est rénové au style du pays, en construction circulaire et coiffé d'une ossature en métal formant des ogives qui se croisent. Une grille en fer forgé non cadenassée est au-dessus de l'ouverture.

Dans cet immuable écrin de spiritualité, de croyance à l'éternité que transcendent des ondes mystiques, loin du temporel, à l'abri des jérémiades et des jouissances de la cité civilisée, des rêves de perlimpinpin ou des nocturnes chimères, règne le silence austère.

Ni bruit stressant d'un marteau-pilon, du moteur des motos, des quads ou de celui des tracteurs qui de leurs trépidations fissurent les murs des chaumières, assourdissent le chant des oiseaux et empoisonnent l'atmosphère.

Ici, où tout semble immobile, où Dieu a la main mise, l'air aux relents des arômes de la Provence et la lumière chaude qui se diffuse sous les rayons du soleil l'inspirent : entre doute et allégresse, il se sent bien. Il veut croire que c'est de bon augure.

Banalement, évitant toute emphase, il lui dit son bonheur de la revoir après de si longues années et tous les efforts accomplis pour la retrouver. Le même magnétisme indéfinissable qui, d'antan l'avait électrisé, émane encore d'elle. Comment peut-on décoder l'alchimie de l'amour ? cogite-t-il.

Mais elle reste impassible à ses explications et à son enthousiasme. À la longue, son sang-froid l'impressionne et le trouble. Pourtant, en tête à tête sur ce banc, il aurait tant aimé la faire sourire en lui parlant entre autres du papillon l'*Isabelle*, cette fierté du Queyras, et si, quand l'été simple bergère, son vœu s'était concrétisé : « *qu'un jour il vienne se poser sur l'une de ses mains* ». Mais là, à la vision de sa posture rigide, il lui apparaît qu'évoquer de tels souvenirs est vraiment peine perdue.

— Par pitié, ne parlons pas, Georges, des fantômes du temps d'avant ! Laissons-les où ils sont, lui dit-elle calmement, d'une voix légèrement chantante. Je peux vous affirmer simplement que chaque jour, je prie pour vous et pour l'enfant que j'ai mis au monde.

— Mais n'êtes-vous pas curieuse de connaître un peu de sa vie ? Qui elle-est ? Ce qu'elle fait ?

— Je l'ai confiée à la Sainte Providence et tant de fois je pense à elle de toute mon âme ! Je comprends que vous ayez envie de me parler d'elle, mais je sais qu'elle réussit sa vie, il y a autour de nous tellement de sujets spirituels inaccessibles à la compréhension humaine !

À ces mots, Georges hallucine.

Bien que lui aussi ne souhaite pas réveiller les spectres hideux d'avant et qu'il croie comme elle aux choses non maîtrisables et inexplicables, à la force occulte de l'esprit, combien il aurait apprécié qu'elle lui demandât spontanément des nouvelles de leur fille ! Alors, assis à ses côtés, il trouve son attitude affreuse, son aplomb imperturbable manquant d'humanité, il y voit une insulte aux souffrances morales que Méline a subies à cause d'eux. Il sent monter en lui une excitation nerveuse. Il veut répliquer en lui faisant mal :

— Quoi ? Mais elle est de notre sang, de notre chair, elle a nos gènes, et si vous saviez le calvaire de sa vie depuis qu'elle a appris son statut de bâtarde et d'enfant rejetée née de X, vous seriez certainement plus attentive et compatissante à son sort, lui répond-il le regard fulminant.

Elle marque le coup. Elle cligne des yeux pendant quelques secondes, en les rouvrant son regard vert s'est assombri. Elle a saisi qu'il s'est assigné une mission. Georges poursuit en tentant encore une fois de la convaincre :

— Marie-Anne, si je suis là, c'est pour elle, notre fille. Elle rêve de vous connaître. Depuis peu de temps, elle sait par un écrit que je suis son géniteur, et je lui ai annoncé que je partais à votre recherche. Aujourd'hui, elle a connaissance de notre histoire, des conditions de votre grossesse et de ma lâcheté. Elle s'appelle Méline. Elle a certaines de vos expressions. En dehors de son travail dans l'édition, elle est écrivaine, elle a du talent, et tenez ! Je vous ai apporté son premier roman. Je vous implore d'accepter de la voir.

— Selon les règles de notre congrégation, les visites de la famille et de tous nos proches ne sont pas souhaitables. En faisant vœu d'obéissance et de fidélité au Seigneur, j'ai choisi ma vie et je le servirai jusqu'à mon dernier souffle. Votre incompréhension est légitime, mais je vous assure que mon cœur est rempli d'amour pour elle. Dites-lui que par mes prières je suis avec elle.

À l'écoute de sa réponse négative et sans appel, il entrevoit le rêve de Méline qui se fracasse dans l'enceinte de ce monastère. Il ne peut admettre ses arguments et son absence d'empathie. Cloîtrée au fond de sa solennelle tanière, loin du monde à la bêtise universelle et à l'impitoyable brutalité, comment peut-elle comprendre, aussi éloignée d'eux, le mal de vivre des *autres* : ceux qui rament dans la dure réalité de la communauté humaine ? Que sait-elle des souffrances de sa fille née dans l'anonymat ? Que devine-t-elle de l'incompréhension et de la profonde rancœur de Méline envers cette femme qui l'enfanta et l'abandonna dès le premier cri de la vie, et de son implacable besoin de la retrouver pour lui réclamer des comptes impartiaux ?

Irrémédiablement, le désespoir se profile entre les murs des bâtiments.

— Parce que vous croyez que la prière peut remplacer l'instinct maternel ? Mais quel cœur et quelle âme avez-vous donc ? En pierre, en fer et nourris d'égoïsme ! Quelle violence déguisée dans vos propos ; malgré l'endroit ils ne sont pas très chrétiens. À vous entendre, faut-il prendre garde et se méfier de Dieu ? Moi qui lui ai adressé dans la chapelle de Dun tant de prières pour qu'il exauce mon vœu le plus cher : vous retrouver pour vous présenter votre fille. Quelle pitié d'entendre de votre bouche de telles déclarations aussi insaisissables et inhumaines !

À ces paroles blessantes proférées, dignes d'un incroyant, elle blêmit. Les palpitations de son cœur s'accélèrent ; ces mots lui font froid dans le dos, mais elle fait front et elle réplique :

— Comme Jeanne d'Arc était destinée à devenir *Cheffe de guerre* pour sauver Orléans, de toute mon âme et mon cœur j'étais destinée à servir Dieu, la même Voix divine nous lie. Vous êtes l'unique responsable du malheur de Méline. Vos paroles sont blasphématoires et la volonté de Dieu vous punira, alors vous n'avez plus rien à faire ici. Partez immédiatement ! Je vais avertir la Mère supérieure de votre départ.

Déconnectée de la jungle citadine, de la réalité de la vie depuis vingt-quatre ans, si éloignée des sentiments humains, de l'abîme de la douleur, et par son obéissance à Dieu certainement sans peur du lendemain, quelle autre réponse aurait-elle pu lui faire ?

Dans l'isolement de ce monastère où le péché possède encore un sens et où la conscience a encore la notion du bien et du mal, comment son psychisme peut-il comprendre la souffrance de Méline ? Alors il la brave :

— Je vous garantis que votre fille, vous la connaîtrez ! Et plus tôt que vous ne le croyez. C'est trop facile de se dissimuler sous l'apparence de la divinité ou d'une héroïne telle la pucelle d'Orléans ! De prendre le masque d'une Sainte !

Néanmoins, il sait très bien que la solitude est le remède le plus efficace pour oublier. La dévotion sans limites de sœur Marie-Anne mise à part, lui-même dans son Univers du Rien ne vivait-il pas reclus, et Dieu ne l'a-t-il pas déjà suffisamment puni ? songe-t-il en esquissant une moue.

Au travers de leur dialogue tendu et inconciliable, un affolant désordre s'est emparé de son être en transe. Un mal incurable qui sommeille en Georges vient de se ranimer et met son esprit en effervescence. Il reprend le masque du prédateur qu'il fut.

Dans ses milliards de neurones et de molécules affluent en cascade des pulsions violentes, irrésistibles, détruisant son bon sens et sa raison. Les mêmes pulsions que celles qu'il ressentit lorsqu'il précipita dans le vide du troisième étage de son bureau d'avocat son voisin de la Cité des Bleuets, indifférent à son malheur de pauvre *gone*.

Homme de plus en plus mutilé par la vie et les remords, son cerveau à l'extrême de l'usure par trop de tension déjante. Et paradoxalement, c'est dans ce lieu réservé à la prière, à la foi, au pardon que son espérance vient de s'éteindre à jamais. Ses yeux s'embuent, sa gorge se noue, dans sa tête le sombre s'incruste. Dans le ciel de la Drôme provençale, un mauvais présage tournoie et la lumière devient brune. Son âme sans résistance déchante et dans le silence imperturbable du jardin botanique, la déraison le prend pour proie et s'empare de son esprit.

Sœur Marie-Anne n'a pas le temps de lui répondre. Sur la sente de la démence, tout s'accélère. Un délire envoûtant aux confins de la folie s'accapare du cerveau de Georges. Dans son esprit désaxé, sa personnalité aux tendances mégalomaniaques se réveille. De ses deux mains, tel un étau, il enserre le cou de la nonne. Elle étouffe, veut crier ; mais avant de sortir de sa gorge, les cris expirent en silence. Elle tente de se libérer, en vain. Elle ferme les yeux, sans air elle s'asphyxie, comme défense ne lui reste plus que la prière. S'il insiste, Georges perçoit qu'il pourrait la briser comme une branche sèche. Inerte, elle ne résiste plus, mais elle respire encore, et sur ses mains il sent un léger souffle chaud qui sort de sa bouche. Alors ses doigts relâchent leur pression et l'étau se desserre. Il pense à Méline, à sa quête de retrouver sa mère biologique, à la déception qu'elle va ressentir et à son terrible désespoir.

Avant que le sang ne circule plus et prive Marie-Anne d'oxygène, avec un éclair de raison dans les yeux il lâche son cou. Il l'allonge sur le banc en bois, son visage est d'une blancheur extrême. Il lui caresse la joue et lui demande pardon pour toutes les laideurs dont il est coupable : pour le Queyras, pour aujourd'hui... Il ramasse l'ouvrage de Méline « *C'est vrai papi que t'es presque vieux ?* », et le pose sur son ventre. Avec ses yeux qui la supplient, une dernière fois, il lui dit d'une voix vibrante et sourde :

— Je t'en supplie, prends contact avec ta fille, son numéro de téléphone est sur la première page du livre.

Dans une demi-conscience, paraissant venir d'un écho lointain, elle entend cette supplique. Dans l'incapacité de lui répondre, avec une infinie lenteur elle pose sa main sur celle de Georges. À ce contact, sous l'effet de la surprise, il sursaute. Mais il a perdu la lutte qui se faisait en lui.

Dans l'air provençal flottent les effluves des plantes aromatiques. Il inspire profondément pour remplir ses poumons de leur parfum. Un bref sourire illumine son visage qui s'est décrispé, et sans savoir ce qui se passe dans son être, tel un somnambule il s'éloigne du banc et se dirige vers le puits. En quelques secondes il ouvre la lourde grille en fer forgé. Il tend les bras au ciel, l'implorant de lui accorder sa clémence et sa pitié, adresse un dernier regard à Marie-Anne toujours allongée sur le banc, mais qui émerge doucement du brouillard. La vision encore brouillée, elle entrevoit la silhouette floue de Georges penchée à mi-corps au-dessus du vide. Elle veut se lever, mais ses membres en torpeur l'en empêchent, elle veut lui crier de revenir vers elle, mais sa voix si faible ne porte pas.

Il enjambe la margelle, et, lesté de son âme névrotique, il bascule dans le noir profond du puits, comme si, confronté à tous les spectres de son passé, il souhaitait fondre dans l'eau de source cristalline, afin que sa limpidité purifie le ruisseau de boue, de honte et de misère de son enfance.

En tombant dans l'étroit tube humide en pierres de granit grisâtre, en reflet à la surface de l'eau, il a l'impression d'apercevoir le doux regard de sa mère, qui était pour lui, à l'inverse de Marie-Anne, une vraie Sainte. Fugacement, comme à ses quinze ans, il a la sensation funeste de frôler son frêle corps qui s'est jeté dans le vide du troisième étage de la « Cité des Bleuets », et d'effleurer du bout de ses doigts le tissu mauve de sa blouse que sa jeune main ne put agripper.

Ce soir-là, sa maman lui échappa, et tout au long de sa vie ce morceau de tissu mauve consuma de remords le bout de ses doigts. Toujours, elle lui a tant manqué, aussi, quelle béatitude que ce soit son image qui l'accompagne dans la mort !

Et comme chaque humain le sait : depuis le fond des âges *« nul ne guérit de son enfance »*, à tout jamais, elle reste ancrée à la destinée de chacune et de chacun.

2

Les gendarmes chargés de l'enquête trouvèrent les deux enveloppes en évidence sur la table de chevet, près du lit de Georges.

À l'intérieur, chacune contenait le bref message personnalisé qu'il avait composé le soir de son arrivée au monastère.

En ironisant sur la cocasserie de la vie, il informait son fils, sans détour mais en évitant les précisions circonstanciées, de l'existence d'une demi-sœur : « *... nous sommes tous des jouets du hasard, aussi tu la connais sans le savoir ; c'est elle qui était à ton côté lors de la signature de la vente de la propriété de Saint-Racho. Après ma mission terminée, je voulais vous proposer de nous réunir, mais le sort, tel un sportif de haut niveau est si fort en contre-pied...* »

En quelques phrases, il faisait confidence du manuscrit racontant sa vie, qu'il avait confié à Méline, et dans lequel il relatait toutes ses turpitudes et les quelques bonheurs que l'existence lui offrit : « *... je t'engage à le lire, j'ai demandé à Méline de t'en faire un exemplaire si tu en ressentais le besoin.* »

En conclusion, il le conjurait de faire son possible pour nouer des liens fraternels avec elle : « *Dans les documents notariés de la vente de la maison du Brionnais tu as toutes ses coordonnées, alors, mon cher fils, à toi d'agir en conséquence...* »

Quant à l'enveloppe destinée à sa fille, elle renfermait cette courte missive :

« Je ne sais si cette lettre de quelques lignes aura valeur de testament, les circonstances des prochaines heures décideront de son sort, mais ce soir dans l'intense silence et la pénétrante plénitude de ce monastère provençal, j'éprouve, malgré un trouble certain, le sentiment du devoir accompli, et ma quête – la tienne que je fis mienne – se termine ici. J'ai retrouvé celle qui t'enfanta et te donna le jour. Je pose donc ici mon bâton de pèlerin.

Loin d'être irréprochable – mais tu le sais par la lecture de mon manuscrit –, mais en assumant mes actes odieux, ma honte et ma culpabilité, je veux maintenant persuader ta maman de sang de te rencontrer. D'une façon ou d'une autre, de bon ou de mauvais gré, dans son monde cloîtré ou dehors, je te promets, ma bien chère fille, quand bien même je devrais utiliser la ruse ou la force en dernier recours, que cette rencontre aura lieu. Elle te le doit.

Mais allons ! La défaite ne sera pas de mise. J'espère que tu ne liras jamais cette lettre, qu'elle finira dans la corbeille à papier, demain soir après ma rencontre avec Sœur Marie-Anne, ta mère biologique.

Et qu'enfin, elle et moi nous puissions te serrer avec tendresse dans nos bras.

Bien à toi ma très chère fillette. »

Post-scriptum :

« Mais au cas où le mal ressortirait vainqueur et m'abattrait... je te demande de faire lire à Richard, ton demi-frère, le manuscrit retraçant mon existence. Je sais que tu le feras. »

IX

Tout ça pour rien

« La vie, c'est comme au cinéma tout se révèle contrefaçon. Un jour, telle une facétie, le film s'arrêtera sur un goût d'inachevé »

(Source : roman sans épilogue de Mamie)

1

Pour sœur Marie-Anne, les jours et les nuits qui suivirent furent éprouvants. Elle vécut ce dramatique épisode qui faillit lui coûter la vie comme un brutal retour de ricochet. Bien qu'elle sache que l'histoire d'une existence ne se réécrit pas, était-il un message du Créateur, venu de l'infini du ciel ?

Cependant, par devoir chrétien, mais sans que la moindre idée d'expiation effleure son esprit, aux obsèques de Georges, elle est là auprès de son cercueil. Ni l'âme dévastée par la mort qu'elle côtoya six jours avant, et sans qu'elle se pose de questions sur l'onde chaude qui l'avait poussée à sortir exceptionnellement de son isolement.

Ainsi, de manière inimaginable, providentiellement, le défunt, qui était aussi celui qu'elle avait nommé *le diable* pour son crime adultérin, prenait une sorte de revanche posthume : il avait tenu la promesse faite à sa fille, retrouver coûte que coûte la femme qui lui avait donné la vie.

Dans sa tristesse, un bref instant, comme dans une scène kafkaïenne, Méline se trouve encadrée par ses deux mères. Sabine, celle qui l'adopta, l'éduqua, la chérit, et Marie-Anne, le ventre dans lequel elle prit vie, celui qui l'abreuva de son sang pendant neuf mois, mais qui l'abandonna à la sortie de ce nid chaud, pour se cloîtrer, anonyme, dans une sorte de citadelle blanche de mysticité au milieu des autres sœurs, sa famille, qui comme elle, n'aspiraient à plus rien, sinon à prier, en fermant leur bras au verbe aimer et au plaisir.

Quel paradoxe ces deux femmes qui s'ignorent !

Deux visions se télescopent : pour l'une, la préférence du sobre et l'ombre silencieuse d'un monastère ; pour l'autre, la transparence de la lumière et le bruit de la ville au brillant factice. Prise en étau entre elles, Méline voit s'entrechoquer en elle deux sentiments contradictoires qui risquent de provoquer des étincelles et créer un élan de panique.

Dans la rigidité de son habit de nonne, Marie-Anne par sa présence contamine un peu plus l'atmosphère déjà macabre. La fille et la mère au même sang se regardent à la dérobée. Méline cherche à décrypter la moindre émotion sur son visage, le moindre regard de compassion pour *sa* progéniture – qu'elle le veuille ou pas. En ce moment, dans son recueillement les paupières baissées, se soucie-t-elle de la souffrance que sa fille a supportée à cause d'elle au cours de ces dernières années, et des dommages humains que son acte lâche d'abandon avait engendrés ?

Pourquoi le rayonnement de Dieu ne l'avait-il pas gratifiée, comme sa mère, d'oubli et de renoncement ? Si tel avait été le cas, la séquence pathétique de ce jour n'aurait jamais eu lieu.

Méline s'efforce de trouver quelques indices de ressemblance entre elles. Mais dans son apparat austère de nonne cloîtrée, chaussée de sandales légères, à la tête coiffée d'un voile grisâtre qui cache l'impressionnant grain de beauté à sa nuque derrière l'oreille gauche – marque de fabrique indéniable dont Méline a été dotée génétiquement –, le seul signe évident qui pourrait les rapprocher est son regard expressif aux yeux pétillants et son visage allongé aux joues d'une extrême pâleur. Si elle lui trouve un véritable charme révélant une grâce peu commune, malgré sa féconde imagination, il lui est impossible de se la représenter en bergère à la peau bronzée, cheveux au vent, en estive dans les alpages des Hautes-Alpes.

La prédiction de Georges prononcée quelques jours plus tôt : « *Je vous garantis que votre fille, vous la connaîtrez, d'une façon ou d'une autre...* », comme par miracle s'est réalisée. Et ainsi, sans l'avoir prémédité, autour de sa dépouille se termine la quête de Méline sur la recherche de ses origines génétiques. Elle en a conscience, mais devant l'attitude inouïe de cette femme tant fantasmée par Georges, et sans doute réellement aimée, une idée pollue son esprit : « *toute cette lutte, pour que cela se termine sur une telle indifférence à mon égard, dire que mon père est mort pour ça ! Quel fiasco et quelle pitié !* »

Son cœur crie en sourdine : « *Honte à cette femme !* »

Cette scène sidérante, émouvante et teintée d'un doigt de surréalisme, du cercueil de son père ainsi entouré, fait ressurgir dans les pensées de Méline les dernières phrases prémonitoires du manuscrit inachevé de sa grand-mère de Brindas en grande partie inspiratrice de son propre roman, « *C'est vrai papi que t'es presque vieux ?* » :

« *Jusqu'au trépas, la vie c'est comme au cinéma, tout se révèle contrefaçon. Vivre, c'est comme jouer dans un film ; on pleure aux noirs chagrins ; on rit aux scènes intimes ou espiègles ; on frémit aux séquences à la couleur lilas ou à la scène de l'ultime soupir.*

Un jour, le miroir perd son tain, les apparences s'évaporent, la pantomime se fige, la vie se retire et va se terrer dans un angle mort on ne sait où. Un ange passe et l'âme le suivra. L'écran redeviendra blanc comme celui d'un cinéma.

Voilà ! Telle une facétie le film s'arrêtera sur un goût d'inachevé...

Quelle triste et pitoyable « Comédie humaine » ! »

À la fin de la cérémonie religieuse, après cette éprouvante scène, aussi inconcevable que cela puisse humainement s'envisager, Marie-Anne reste emmurée dans son silence. Elle ne manifeste aucun témoignage visible d'affection à l'adresse de sa fille, sinon, un léger froncement de ses sourcils blanchis, un hochement du menton en guise de salut et un menu sourire que ses lèvres semblent esquisser. Elle s'approche de Méline et glisse discrètement dans sa main une enveloppe blanche pliée. Elle fait demi-tour sans aucun mot.

En partant, comment peut-elle ignorer le chaos qui agite l'esprit de Méline ? N'a-t-elle pas constaté l'immense désarroi dans son regard ?

Voilà plus de vingt-quatre ans qu'elle l'a enfantée et reniée, et tout se résume à çà, c'est-à-dire à *rien de rien* qui puisse ressembler à un regret : aucune parole à sa fille, seulement un semblant de sourire, un haussement de sourcils et un hochement du menton et... c'est tout.

Désemparée, prostrée devant le cercueil de son père, dans ce moment dissonant Méline ressasse : « *le cœur de cette femme n'est qu'une coquille de noix sèche, vide d'amour et de tout sentiment pour les êtres de chair et de sang. Quelle mascarade ! Pourquoi sa présence ici ? Elle a depuis longtemps décidé de fuir la réalité du monde, alors pourquoi est-elle venue ?* »

Elle n'ose envisager que tout ça constitue un pied de nez, comme une sorte de vengeance adressée à l'âme de Georges et qui le poursuivrait outre-tombe. Mais, de toute évidence, cette femme, à la foi qui la préserve de l'ambivalence et du doute propres à la nature humaine, n'éprouve aucunement l'intention de se racheter pour l'abandon sous X de sa fille.

Au cimetière de Lyon Guillotière, entre deux allées de caveaux funéraires d'une tristesse insondable, la vision incroyable de ses deux mères que tout oppose étreint le cœur de Méline et la fait frissonner.

Immensément frustrée, elle se dit qu'elle avait tellement espéré, après tant de lourdes épreuves et de pénibles soubresauts dans sa vie, retrouver le fantôme d'une mère biologique. Mais à ce jour, comme une plaie encore vive, son espérance se retrouve laminée et en lambeaux. La mère n'a finalement jamais existé : ne reste que le spectre en habit de nonne. Dans le combat qu'elle a mené, bien souvent contre vents et marées, et qui connaît ici son issue, elle n'avait jamais envisagé un tel dénouement.

Malgré la présence autour d'elle de ses très proches, elle ressent dans le ventre une indéfinissable sensation de vide. Pâlissante, confusément elle se sent si seule, et dans cet instant sur son visage coule une discrète larme. Et puis, dans un souffle doux d'apaisement, surgit le sentiment d'être la fille de Georges ; il la fait trembler de tendresse.

Elle se demande quelle aurait été sa vie si Marie-Anne avait renoncé à sa foi inébranlable, à son adulation pour Jeanne d'Arc, à son amour exclusif pour Dieu. Et si elle avait accepté d'endosser le rôle magnifique de maman ? Assurément, jamais, son *presque vieux papi* André n'aurait pour elle existé ! Quelle autre aventure son imaginaire fécond aurait-il romancée ?

En frissons d'émotion, avec en tête l'idée oppressante qu'elle n'en a pas encore fini avec l'histoire hors normes de son père fantôme, elle prend résolument la main de Jérôme. Intuitivement, elle a l'impression que si cette séquence tragique au *goût d'inachevé* marque la fin d'un cycle, son existence vient à nouveau de basculer sur un autre versant de la vie.

Dans la soirée, Méline ouvre l'enveloppe que Marie-Anne avait glissée dans sa main après la cérémonie religieuse. À l'intérieur, elle y trouve une image de Notre-Dame-des-Sept-Douleurs qui, en allégorie, comme chaque chrétien pratiquant le sait, associe les souffrances de Marie à celles de son fils, subissant spirituellement le même martyre que lui, supplicié et mort sur la croix. Mais cette image symbolise aussi la force du pardon face à la trahison et aux bourreaux. Le mot écrit de la main de sa mère au verso de ce cliché allégorique la subjugue et lui paraît sur le coup tellement incongru :

« *J'ai lu ton beau roman et j'ai compris la colère que tu exprimes au fil des pages. Pardon pour toutes les souffrances que tu as subies à cause de ma passion pour le Seigneur. Mais dans mes prières chaque jour tu es présente et tu le resteras ici-bas ou dans le Ciel. Dieu connaît tout l'amour que je te porte. Je sais que tu as une belle âme et je crois en ta lumière intérieure.*

Je t'ai confiée à la divine Providence, alors qu'elle t'accompagne et te protège dans tous les instants de ta vie !

Contacte-moi si ton cœur le souhaite.

Sœur Marie-Anne pour toujours proche de toi. »

Le lendemain matin, Méline propose au fils de son père, Richard, civilement son demi-frère, sur son retour pour Paris de faire étape avec sa mère à Saint-Racho, où elle avait décidé de rester quelques jours avec Jérôme.

Pour saluer la mémoire de Georges, tous les deux acceptent avec plaisir de faire ce détour par le vert Brionnais.

— Quel bonheur ce sera, ma chère sœurette, de revoir cette maison et de m'y recueillir ! Quelle stupéfiante inspiration tu as eue en l'achetant ! Je t'assure que je suis tombé de très haut quand j'ai appris par la lettre testamentaire de papa le lien fraternel qui nous reliait ! Quel coup de chance que ce soit toi qui la possèdes aujourd'hui ! Mais pourquoi a-t-il gardé le secret et n'a-t-il pas révélé lors de l'acte de vente ce lien entre nous ?

— C'est surtout Jérôme qu'il faut féliciter. Ce fut lui, ma source d'inspiration. Si ce bout de terroir reste dans la famille, c'est parce qu'il a trouvé les arguments qui ont fait *tilt* pour vaincre mes réticences à l'acquérir. Mais nous en reparlerons là-bas.

« Et puis, n'est-ce pas encore une fois la preuve que dans le ciel existe une bonne Étoile qui me protège en veillant sur mon avenir, et que le destin est une source inépuisable d'imaginaire qui invente une histoire à chaque résident éphémère de notre douce planète ? » gamberge-t-elle, avec la sensation que son optimisme naturel revient au grand galop.

Depuis si longtemps sur le qui-vive, sa longue course après un fantôme vêtu de gris l'a épuisée. Hier, à côté de ses deux mères avec la désillusion en fer de lance, elle s'est sentie dupée par la vie, mais qui sortirait indemne de tels déboires ? En quelques heures elle vient de perdre une grande partie de ses illusions sur l'instinct maternel.

« Comment cette moniale retirée du monde, à la sève contemplative, l'âme emplie d'immatériel et d'une foi immodérée, peut-elle se comparer à Jeanne d'Arc ? Enfermée dans sa bulle, abreuvée de silence, elle est si loin de posséder la grandeur d'âme de cette héroïne de l'Histoire de France. Heureusement qu'elle ne m'a pas transmis sa fibre mystique et méditative. À défaut du cœur, c'est son âme, qui toute en prières, est à l'ouvrage », exprime-t-elle sur un ton désabusé.

En lui lançant une œillade appuyée, Richard répond avec un à-propos ironique à sa mine triste et à ses paroles désenchantées :

— Tu as peut-être perdu quelques illusions, mais tu as gagné un frère, et crois-moi, en toute modestie tu ne perds pas au change ! Et comme chacun le sait « les voies du Seigneur sont impénétrables » et les humains si incompréhensibles, n'est-ce pas ?

Ce sens de la dérision plaît à Méline, avec un sourire rayonnant elle lui rend son œillade :

— Manifestement nous avons hérité du même regard sarcastique sur le monde. Quant à moi, j'ai adopté la devise fétiche de mon papi André « rien n'est sérieux en ce bas monde, que le rire ». C'est mon mentor, et il est le personnage central de mon premier roman, j'espère que tu le liras. Et cette théorie, je l'applique quand ça ne tourne pas rond. N'empêche, je me demande comment notre père, qui avait un ego assez développé, a pu aimer éperdument une telle femme, son opposé qui renvoie l'image d'une personne pour le coup à la personnalité complètement diluée. Enfermée dans la solitude de sa cellule, sa ferveur pour Dieu l'a coupée de la vie.

— Encore une fois, cela confirme en effet que « les voies du Seigneur sont impénétrables ». Mais moi, je crois aussi que les mystérieuses planètes de notre galaxie viennent de s'aligner pour célébrer le meilleur de la vie, lui répond Jérôme sur un ton amusé.

Au constat que leurs caractères s'accordent sur de nombreux points, l'envie qui a envahi Méline d'être en accord avec son frère, de savourer le même plaisir d'être ensemble, dans l'immédiat ne lui donne pas le goût de s'épancher davantage sur ce sujet ésotérique qui pourrait les amener à évoquer les mânes de leurs ancêtres et à se demander si réellement leur présence se matérialise d'une façon ou d'une autre.

Richard, qui lui-même a une autre préoccupation, referme cette parenthèse mystique :

— Mais dis-moi, papa m'a aussi informé d'un manuscrit racontant sa vie qu'il t'avait confié. Pourrais-tu me le faire lire ?

— Bien sûr. D'ailleurs, Georges me l'a demandé en dernière consigne écrite. Dès mon retour à Orléans, je t'en fais parvenir une copie. Sur lui, par ses confessions intimes tu apprendras certaines choses ahurissantes, et comme moi, tu seras certainement surpris par l'intensité de sa vie. Elle s'est déroulée à la manière d'un étonnant roman avec des séquences dignes d'un thriller.

À ces paroles la maman de Richard lui adresse un sourire d'approbation.

— Tiens donc, sœurette, en fonction de ta théorie selon laquelle : « la vie est si drôle et si dérisoire », n'aurais-tu pas déjà le titre de ton prochain roman : « *Méline et l'anachorète de Saint-Racho* » ?

— Mais tout ce que j'ai vécu ces derniers mois, à la physionomie de montagnes russes éprouvantes et casse-gueule, ne confirme-t-il pas en effet que la vie est facétieuse et dérisoire ? interroge-t-elle.

Après sa réponse au propos en forme de clin d'œil de Richard, tous les quatre, dans un éclat de rire communicatif prennent la route pour se rendre dans l'antre de « Georges l'anachorète ». Il aurait tant voulu qu'elle l'acceptât pour papa dans cet endroit de la montagne de Dun.

En arrivant en fin de matinée dans le village haut perché à flanc de montagne, Méline songe que le voile opaque qui recouvrait son histoire a finalement été levé, peut-être en résonance avec les mânes de ses ancêtres. Avec *l'impossible vérité* qui enfin a été révélée, elle se sent libérée de ce statut humiliant, culpabilisant d'enfant née sous X. Soulagée, dans un éclair crédule empreint de mysticité pourtant si éloigné de ses croyances les plus intimes et qui la prend au dépourvu, comme dans un trait irradiant d'espérance, émerge cette étonnante pensée :

« *Et si ma bonne Étoile était ma grand-mère paternelle ? Dans l'irrationalité de ce monde, un thème si cher à Georges. N'est-ce pas elle qui a guidé mes décisions et veillé sur moi dès mon premier souffle de vie* ? »

Les battements de son cœur accélèrent. Avec les yeux scintillants ourlés d'une lumière de joie, un court instant elle se dit que sans aucun doute cette bonne Étoile a permis à cette épouvantable et cruelle malédiction d'être une enfant née de X de se dissoudre. Sans effacer le passé, elle ne la poursuivra plus sur le chemin de sa vie.

Les temps de l'enfance

Enfance sortant dans rues sombres, sans couleur,
À l'envie de violence, aux colères rentrées,
Peuplées d'adultes amers aux yeux sans lueur,
Au silence émouvant et aux mots résignés.

Les hommes harassés se saoulaient au bistrot.
Soumises, courageuses, les femmes au foyer,
S'échinaient, s'appliquaient, s'occupaient des marmots ;
Souvent sanglotaient dans le creux de l'oreiller.

Nous venions d'une enfance aux Noëls vertueux ;
Ni réclame tentatrice ni honteux gaspillage.
Prières et le rêve d'un Père-Noël généreux,
Mais bien maigre le soulier brillant de cirage.

Au pied du sapin, les injustices se révèlent,
L'orange n'a pas la valeur d'un train électrique ;
Alors, cris étouffés, frustrations s'amoncellent.
Puis Noël devint laïque, les marchés magiques.

Avec elle, j'allais sur le chemin de l'école,
Nous nous cachions dans les champs de coquelicots ;
Elle me disait : « Pourquoi ton papa boit trop d'alcool ? »,
J'avais honte ; jamais ce père ne fut mon héros.

Vivre au rythme de l'usine était le credo,
Et, d'une année sur l'autre, les familles s'agrandissent.
Les jardins s'urbanisent en HLM ghetto,
Et, peu à peu nous perdîmes le goût de la réglisse.

Les temps de l'enfance et ceux de l'adolescence
Ne sont que de mortels instants de l'existence,
Offerts par la vie en même temps que souffrances,
Blessures, fatalité, et puis, notre impuissance !

(Recueil de poèmes : *À l'infini, vis le rêve que tu préfères*)

Merci pour votre confiance.

Écrire un roman n'est-ce que ça ?

Un composé secret de rencontres fortuites, de signes inaudibles, de chiffres indécodables, de nocturnes chimères qui, au-delà du sommeil, dorment en nous. Laisser libre-cours au fil de la plume à des mots créatifs, audacieux, douloureux, sincères, qui disent la vulnérabilité de l'être humain, sa phobie de la vieillesse et de l'oubli, mais aussi l'espérance qu'apportent un sourire, les paroles d'un ami, le réconfort que procurent une belle rencontre et la magie de l'amour ou de l'amitié.

Écrire n'est-ce que ça ?

Des mots qui sortent du secret du cœur et de l'âme pour poétiser ou romancer au présent, au futur, nos idées, nos révoltes, nos peurs, nos rêves et fantasmes... Ils folâtrent dans la mémoire puis nous prennent de vitesse et sortent du fatras nostalgique de nos souvenirs, pour nous faire chialer en regret de l'enfance ou à l'écoute d'une rengaine sur laquelle maman dansait.

Des mots… rien que des mots, pour combler une absence et tromper le silence, le jour où le cœur avec tant d'impuissance ne sait plus dire « je t'aime », *et deviennent dans la solitude* « mortes paroles ».

Comme un défi et en armure : des mots… rien que des mots ! Acérés comme une lame, mutilants, indomptables, parfois aussi ils engendrent bien des maux ; et de douleur ils gémissent de loin en loin.

Suffit-il de quelques mots gorgés de croyances inflexibles ou d'une médiocrité abyssale, parfois d'une phrase à l'innocence enfantine, au style provocateur telle que : « C'est vrai papi que t'es presque vieux », *pour que surgisse un cataclysme dans l'univers feutré d'une famille ?*

Et dans cette vie qui n'est qu'un infâme théâtre, cruel, puéril, demain ou tout à l'heure, dans le matin ou dans le soir, quand à l'horaire programmé le cœur s'ankylosera et que les mots rouillés tourneront en disque rayé, ce sera peut-être le mot « Adieu », *en dernier, que la bouche de chacune, de chacun, jeune, presque vieux ou vraiment vieux, exhalera dans un ultime soupir, en quittant la scène de cette piteuse comédie.*

Mais avant ça, pour vous qui m'avez lu, c'est par ce merveilleux mot de notre dictionnaire : merci… *que je termine l'histoire de Méline.*

« Merci » *à vous toutes et à vous tous pour votre fidélité.*

Humblement.

Bien à vous.

A lire aussi, du même auteur :

« C'est vrai papi que t'es presque vieux ? »

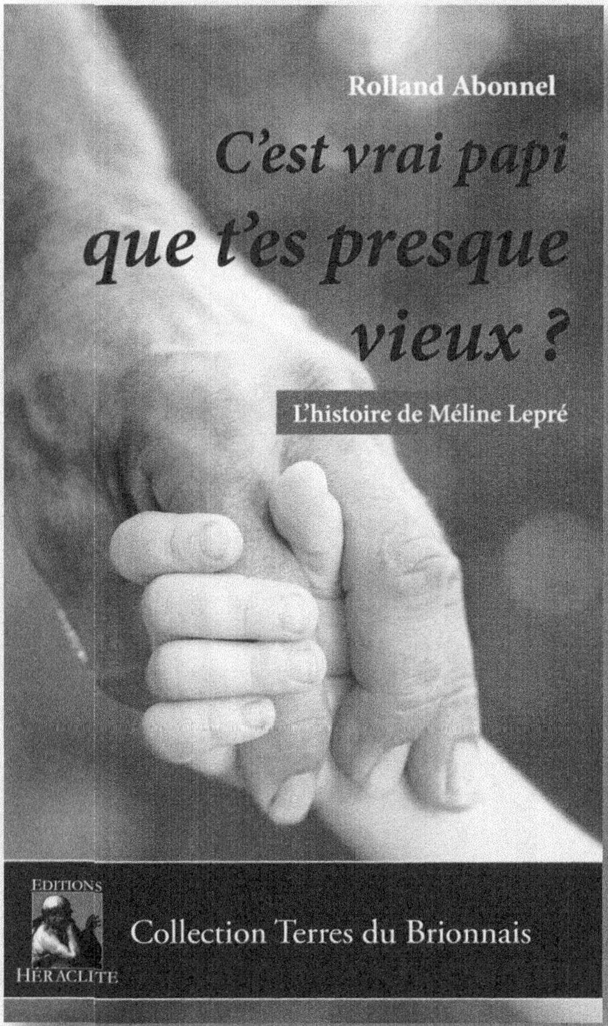

A lire aussi, du même auteur :

« Rousse Julie »

Découvrez tous les ouvrages de notre catalogue sur notre site
www.editions-heraclite.fr

*

Pour tout commentaire ou question sur cette œuvre, n'hésitez pas à envoyer vos messages à :
editions.heraclite@gmail.com

L'auteur ne manquera pas de vous répondre.

*

Impression : Présence Graphique
2, rue de la Pinsonnière 37260 MONTS
Dépôt légal : Mars 2023

*